唐宋词名篇评析

党圣元 编著

2016 年·北京

图书在版编目（CIP）数据

唐宋词名篇评析 / 党圣元编著. — 北京：商务印书馆，2016
ISBN 978‑7‑100‑12701‑1

Ⅰ．①唐… Ⅱ．①党… Ⅲ．①唐宋词—诗歌评论 Ⅳ．①I207.23

中国版本图书馆CIP数据核字(2016)第253478号

所有权利保留。

未经许可，不得以任何方式使用。

唐宋词名篇评析

党圣元 编著

商 务 印 书 馆 出 版
（北京王府井大街36号 邮政编码 100710）
商 务 印 书 馆 发 行
三河市尚艺印装有限公司印刷
ISBN 978‑7‑100‑12701‑1

2016年12月第1版　　　开本 710×1000　1/16
2016年12月北京第1次印刷　印张 12 1/4

定价：36.00元

前言

中国古代文学发展到唐宋时期，盛开了一朵芬芳艳丽的奇葩，这就是"词"。它以其姿态万千的神采风韵，争奇斗妍于唐诗、元曲之间，成为我国传统文化中的瑰宝之一。直到今天，它那些在思想和艺术方面都达到很高境界的篇章，仍在陶冶着人们的情操，给诵读者带来美的享受。

词在隋唐之际已经产生，它的产生与音乐有着密切的关系。当时社会上流行着一种新兴的音乐"燕乐"，这种"燕乐"既不同于上古时代的"雅乐"，也不同于汉魏六朝的"清乐"，而是汉族民间音乐与从西域少数民族传入的音乐融合的产物。这种新兴的抒情性音乐，因常在宴会上演出而被称为"燕乐"（"燕"同"宴"）。词就是为这种"燕乐"的不同曲调所谱写的歌词，它是用来歌唱的，所以在当时称为"曲子"或"曲子词"。"词"是后来对它的一种简称。到了宋代，它还被称为"乐府"、"近体乐府"、"诗余"、"长短句"等。

由于词要配合曲调歌唱，所以在音律、字句等方面都有严格的限定。首先，每首词都有一个词牌，也叫词调。每个词牌有一定的名称，如《菩萨蛮》《念奴娇》《满江红》等。这些词牌名称并不是词的题目，除早期的一些词而外，一般也与词本身的内容没有必然联系，而仅仅表示一首词所采用的曲调。所以，到了宋代，一些词人为了表明词意，就往往要在词牌下面再加一个题目，或者写上一段说明性质的小序，如苏轼的《念奴娇》，就在词牌下另加《赤壁怀古》的题目；又如他的《江城子》，也在词牌下加"乙卯正月二十日夜记梦"的小序。其次，每首词的词牌规定了这首词的句数、每句的字数，以及押韵的位置，每个字声的平仄。作词时必须遵守格式，不能随意而为，所以作词又叫"填词"。词的句式基本上是长短相间，参差不齐，只有少数的词如《生查子》《浣溪沙》等的句式是整齐的，这与句式整齐的五、七言诗形成了显著的区别。每首词一般分为上、下两阕，或者称上、下片，以便适应乐曲反复吟唱的需要。也有不分阕的单调，如《忆江南》《南乡子》《十六字令》等，被称为"小令"。还有的分为三阕、四阕，如《瑞龙吟》《莺啼序》等，属于长调，不过这种情况很少见。

词最早产生于民间。20世纪初，在甘肃省敦煌莫高窟藏经石室中发现的敦煌曲子词，绝大部分都是唐五代的民间创作，据专家考证，有一些是唐代初期的作品，这说明词在初唐时就在民间出现了。到了唐代中期，词开始在文人中流行，一些文人开始填词，如刘长卿、张志和、韦应物、白居易、刘禹锡等人，都有一定数量的词作留传下来。这些文人向民间曲子词学习，尝试填词，兴起了词创作的风气，积累了词创作的手法技巧，促进了词的形式、风格的进一步完备，对于以后的词体的成熟和创作的兴盛产生了极大的推动作用。到晚唐五代，词创作开始趋于繁荣。这时，填词的文人更加多起来了，词在形式特点方面也基本臻于成熟，所用的词牌有所增加，创作技巧更加熟练，出现了温庭筠、韦庄、李煜、冯延巳等著名的词人，同时在西蜀和南唐形成了两个词创作中心，分别聚集了一批文人词客，从而为宋代词创作的进一步繁荣兴盛奠定了基础。由于长期持续的社会动乱和分裂割据的历史局面，晚唐五代的文人词，除去一部分反映社会动乱和人民痛苦生活的外，大量的以绮艳的笔调写男女之情和个人感伤。如奉温庭筠为"鼻祖"的西蜀"花间派"词人们就热衷于写香软柔媚的艳情词，他们在词中专注于描写妇女的容貌、服饰和体态，把词的题材搞得十分狭窄，思想格调也较为卑下，从而使自己的词作成了专供宫女和妓女们歌唱的为了点缀没落王朝醉生梦死生活的消遣品。以中主李璟、后主李煜和宰相冯延巳为代表的南唐词人的作品，也大量的是一些描写宫廷享乐生活，粉饰、点缀太平的庸俗之作。但是，也有一些较好的作品，如"花间派"词人韦庄、牛希济、孙光宪等人的一些作品，或抒写亡国之恨，或描写南国风光，或反映农村和边塞生活，笔调清淡，风格明快，含蓄而有致，达到了很高的艺术造诣，对以后的词创作产生了很好的影响。至于李煜后期所写的那些抒写家国身世之恨的词，感情沉痛真切，语言精练优美，形象鲜明生动，开拓了词的艺术境界，深深地影响了北宋词坛。

到了北宋，词创作进入了鼎盛时期，著名词人如群星辉映，名作佳篇迭出不穷，从而构成了一代文学景观。北宋初期的词，基本上沿袭了晚唐五代词的风格。这个时期的代表词人晏殊、张先、欧阳修等人的作品，内容大多是表现士大夫文人富贵悠游的闲适生活，无不写得风流蕴藉，温润秀洁，在思想境界和艺术风格追求方面都未曾突破五代词的传统。这种婉丽词风的弥漫与当时社会的安定、都市文化的繁华，以及统治阶级娱宾遣兴、歌舞升平的需要是分不开的。当然，也有一些新的变化，如范仲淹的《苏幕遮》、《渔家傲》等词描写边塞风光，表现守边将士们的忧国之心和思乡之愁，无疑从内容和艺术风格两个方面为以后的词创作开拓了新的领域。欧阳修的一些即景抒怀的词，也写得活泼生动，风格清疏峻洁，对于洗刷晚唐、五代以来词的脂粉气息和柔弱情调产生了积极的作用。从柳永开始，词在内容和形式上发生了较大的变化。作为一个失意文人的柳永，他有机会深入社会下层，这体现在他的词创作中就是能较广泛地反映社会人生，除了男女恋情外，还反映了都市生活的某些侧面，在一定程度上体现了一部分城市下层人民的生活和思想情感，柳永还向民间歌词学习，大量创作慢词，有效地扩大了词的体制。柳永的创作对宋词的发展起了重要的推动作用。苏轼的词创作为北宋词的发展打开了新的局面。他进一步突破了晚唐五代词专写男女恋情、离愁别恨的旧框子，"以诗为词"，在词中怀古、感旧、记游、议论，进一步扩大了词的题材范围，提高了词的思想境界，形成了一种相对于晚唐五代以来婉约词风的豪放词风，从而成为人们常说的"豪放词派"的开创者。与苏轼同时或稍后的著名词人还有黄庭坚、秦观、贺铸、周邦彦等人，他们在词创作上的不凡成就体现了宋词发展的成熟与繁荣。

  进入南宋，词创作又出现了新的情况。由于社会历史的大变化，面对异族的侵略残杀和朝廷内部投降派的屈膝求和，包括一批抗金将领在内的众多词人们在词中表现了对侵略者和投降派的愤慨，高扬抗敌御侮的豪胆壮气，慷慨悲愤，唱出了饱含着家国情怀的时代最强音，鼓舞着民族的志气，在词创作中形成了一个抗金爱国的主题。张元幹、张孝祥、岳飞、李纲、辛弃疾、陆游、陈亮，等等，这些爱国词人在各方面都留下了万世不朽的杰作。尤其是辛弃疾，他上继苏轼的豪放词风，以雄奇奔放之笔，抒胸中一腔忠愤以及抑郁之气，爱国激情溢于言表，使怒澜排空的南宋爱国词潮上升到巅峰。辛弃疾的词除题材内容广泛，多方面地反映了当时社会现实外，在艺术创造方面也做了多种革新尝试，形成了自己的特色，体现了南宋词的最高成就。

  李清照是南宋词坛上一位出类拔萃的女词人。她在北宋末期所写的词，大多描写闺房生活和离情别绪，情感纯挚缠绵，风格明丽清新，在婉约派词中卓然自成一家。南渡之后，随着她的生活、遭遇、思想情感的巨大变化，她的词的内容、情调相应地也产生了变化，以不假雕琢而又哀婉动人的语言，表现了自己所经历的国破家亡的痛苦生活以及凄悲心境，风格也由早年的婉丽悱恻一变而为低回惆怅、深哀入骨。南宋时期的著名词人还有朱敦儒、刘过、姜夔、史达祖、刘克庄、吴文英、刘辰翁、周密、王沂孙、张炎等人，他们的生活道路不同，思想情感有别，艺术风格各异，但是都在词创作上获得了一定的成就，为宋词思想和艺术的丰富多样化做出了各自的贡献。

以上，我们参照学术界比较普遍的看法，围绕词的形式特色、唐宋词的发展过程等问题，做了极其简要的介绍，以期对读者朋友们了解词的一般常识有所帮助。唐宋词中的名篇佳作如夜空繁星，令人目迷神醉，我们从中选出一百零三首，以供读者朋友们吟读、背诵、品鉴之用。

在作品的选取标准上，我们首先注重选择那些历代广为传诵的名家名篇，并兼顾到各个时期、各种题材、各个流派、各种风格的代表作。同时，我们还尽可能选那些适合于背诵的作品，除个别情况外，一般不选录那些篇幅过长、典故过多，含义艰涩的作品。但是，限于经验和水平的不足，这方面或许还存在着诸多不如意之处，敬祈专家、读者指正。

理解与吟读、背诵之间是一种互相促进的关系。为了有助于读者朋友们对所选词的理解，我们对每一首词做了较为详细的注释，并对其思想、艺术方面的特点做了简要的评析，个别的还对其写作背景加以一定的说明。注释和评析的行文，则尽可能深入浅出，通俗易懂。在注释和评析中，我们参考和吸取了一些已有的研究成果，恕不一一指出。同样限于经验和水平，这些工作难免存在着不足乃至失误之处，也期望专家、读者批评指正。

阅读、背诵、品鉴诗词文章名篇，是中华民族的优秀文化、教育传统之一，是打好古典文学基础，提高写作水平的有效途径之一。我们热切地期望读者朋友们通过对这些所选词作名篇佳句的阅读与反复涵泳，甚至背诵，与这些词作名篇及其作者来一次心灵的交会、交融，并且借此而走进唐宋词乃至整个中国古典诗词缤纷璀璨的世界，从而获得精神上的审美愉悦与心灵上的超越。同样，我们也热切地期望本册微不足道的小书能对读者提高古典文学素养和古典文学鉴赏水平有所助益，能在传承弘扬中华优秀传统文化和文学精神方面有所作用，则幸莫大矣。如果本书能受到广大读者朋友们的欢迎，那我们将感到十分欣慰。

目录

李白（二首）
菩萨蛮　平林漠漠烟如织..................1
忆秦娥　箫声咽..................3

刘长卿（一首）
谪仙怨　晴川落日初低..................5

韦应物（一首）
调笑令　胡马..................7

张志和（一首）
渔歌子　西塞山前白鹭飞..................9

刘禹锡（二首）
忆江南　春去也..................11
潇湘神　斑竹枝..................12

白居易（二首）
忆江南　江南好..................14
长相思　汴水流..................15

皇甫松（一首）
梦江南　兰烬落..................17

温庭筠（三首）
梦江南　梳洗罢..................19
菩萨蛮　小山重叠金明灭..................20

更漏子　玉炉香 21
韦庄（二首）
菩萨蛮　人人尽说江南好 23
思帝乡　春日游 24
牛希济（一首）
生查子　春山烟欲收 26
欧阳炯（一首）
南乡子　画舸停桡 28
李璟（一首）
浣溪沙　菡萏香销翠叶残 30
李煜（四首）
虞美人　春花秋月何时了 32
浪淘沙　帘外雨潺潺 34
乌夜啼　无言独上西楼 35
望江南　闲梦远 35
冯延巳（二首）
醉桃源　南园春半踏青时 37
谒金门　风乍起 38
孙光宪（一首）
风流子　茅舍槿篱溪曲 40
王禹偁（一首）
点绛唇　雨恨云愁 42
潘阆（一首）
酒泉子　长忆观潮 44
林逋（一首）
长相思　吴山青 46
范仲淹（二首）
苏幕遮　碧云天 48
渔家傲　塞下秋来风景异 50

柳永（三首）
望海潮　东南形胜 52
八声甘州　对潇潇 54
雨霖铃　寒蝉凄切 56

张先（二首）
天仙子　水调数声持酒听 58
木兰花　龙头舴艋吴儿竞 59

晏殊（二首）
浣溪沙　一曲新词酒一杯 61
破阵子　燕子来时新社 62

宋祁（一首）
玉楼春　东城渐觉风光好 64

欧阳修（四首）
采桑子　群芳过后西湖好 66
踏莎行　候馆梅残 67
蝶恋花　庭院深深深几许 68
南歌子　凤髻金泥带 69

王安石（一首）
桂枝香　登临送目 71

晏几道（二首）
菩萨蛮　哀筝一弄湘江曲 74
临江仙　梦后楼台高锁 75

王观（一首）
卜算子　水是眼波横 77

孙浩然（一首）
离亭燕　一带江山如画 79

苏轼（七首）
水调歌头　明月几时有 81
念奴娇　大江东去 83

IX

卜算子　缺月挂疏桐..................85
　　定风波　莫听穿林打叶声..............86
　　江城子　老夫聊发少年狂..............88
　　浣溪沙　山下兰芽短浸溪..............90
　　蝶恋花　花褪残红青杏小..............91
李之仪（一首）
　　卜算子　我住长江头..................93
黄庭坚（三首）
　　念奴娇　断虹霁雨....................95
　　水调歌头　瑶草一何碧................97
　　清平乐　春归何处....................98
秦观（四首）
　　鹊桥仙　纤云弄巧...................100
　　满庭芳　山抹微云...................101
　　踏莎行　雾失楼台...................103
　　行香子　树绕村庄...................105
贺铸（三首）
　　六州歌头　少年侠气.................106
　　青玉案　凌波不过横塘路.............109
　　捣练子　砧面莹.....................111
周邦彦（二首）
　　苏幕遮　燎沉香.....................112
　　满庭芳　风老莺雏...................113
魏夫人（一首）
　　菩萨蛮　溪山掩映斜阳里.............116
叶梦得（一首）
　　点绛唇　缥缈危亭...................117
朱敦儒（一首）
　　相见欢　金陵城上西楼...............119

李纲（一首）
六幺令　长江千里 121

李清照（六首）
如梦令　常记溪亭日暮 124
如梦令　昨夜雨疏风骤 125
一剪梅　红藕香残玉簟秋 126
醉花阴　薄雾浓云愁永昼 127
永遇乐　落日熔金 128
声声慢　寻寻觅觅 130

陈与义（一首）
临江仙　忆昔午桥桥上饮 132

张元幹（一首）
贺新郎　梦绕神州路 134

岳飞（一首）
满江红　怒发冲冠 137

陆游（三首）
钗头凤　红酥手 139
诉衷情　当年万里觅封侯 141
卜算子　驿外断桥边 142

张孝祥（二首）
六州歌头　长淮望断 144
念奴娇　洞庭青草 147

辛弃疾（九首）
水龙吟　楚天千里清秋 150
青玉案　东风夜放花千树 153
菩萨蛮　郁孤台下清江水 154
破阵子　醉里挑灯看剑 155
永遇乐　千古江山 157
南乡子　何处望神州 159

XI

清平乐　茅檐低小..................................161
西江月　明月别枝惊鹊..............................161
鹧鸪天　陌上柔桑破嫩芽............................162

朱淑真（一首）
眼儿媚　迟迟春日弄轻柔............................164

姜夔（二首）
点绛唇　燕雁无心..................................166
扬州慢　淮左名都..................................168

刘克庄（一首）
卜算子　片片蝶衣轻................................171

刘辰翁（一首）
柳梢青　铁马蒙毡..................................173

文天祥（一首）
念奴娇　水天空阔..................................175

蒋捷（二首）
虞美人　少年听雨歌楼上............................178
昭君怨　担子挑春虽小..............................179

张炎（一首）
清平乐　候蛩凄断..................................181

李白（二首）

李白（701—762），字太白，号青莲居士。祖籍陇西成纪（今甘肃秦安附近），隋末其先人流寓西域碎叶（一说为今新疆境内焉耆回族自治县与库尔勒一带，一说为今吉尔吉斯斯坦托克马克市）。五岁时随父迁居绵州彰明（今四川江油）青莲乡。少年时即显露才华，二十五岁离蜀，长期在各地漫游。天宝元年（742）秋被召入长安，供奉翰林，受到唐玄宗李隆基的特殊礼遇。一年多以后，因不得志而弃官，离开长安，继续漫游各地。安史之乱中，入永王李璘幕府。李璘失败后获罪，流放夜郎（在今贵州东部），中途遇赦而还。晚年漂泊，病死于当涂（今属安徽）。李白是唐代著名大诗人，有《李太白集》。

菩萨蛮〔一〕

平林漠漠烟如织，寒山一带伤心碧。〔二〕暝色入高楼，有人楼上愁。〔三〕　　玉阶空伫立，宿鸟归飞急。〔四〕何处是归程？长亭更短亭。〔五〕

■ 注释

〔一〕这首词及《忆秦娥》的作者,究竟是李白,还是后人伪托,一直争论不休,难于断定。这里按照惯例,仍归于李白名下。

〔二〕平林:平地上的树林。漠漠:形容旷远处的树林在暮色烟雾笼罩下迷蒙不清的景色。烟如织:指烟雾浓重,密集如织。寒山:寒冷气氛笼罩下的荒山野岭,"寒"字点出季节为秋冬之交。一带:形容远处山岭连绵不断,如带子一般。伤心碧:碧为青绿色,而说"伤心碧"则语带双关。一是加强语气,极力形容寒山的碧绿,与杜甫《滕王亭子》诗中"清江锦石伤心丽"的用法类似;二是暗示在愁苦的旅人眼中,苍碧的远山也带有萧瑟凄凉、惆怅忧伤的意味。

〔三〕暝色:暮色。有人:指旅人。这两句,"暝"字点明时间为暮色苍茫、烟云暧暧的黄昏时分,而"愁"字则与前面的"伤心"照合,使其有了着落。

〔四〕玉阶:白石台阶。空:徒然的意思。伫(zhù)立:久久地站立着。宿鸟:归巢的鸟。

〔五〕归程:回乡的路程。亭:驿亭,古时设在路旁以供行人休息停留的亭舍。距离五里为短亭,十里为长亭。更:有层出不穷、连接不断之意。

■ 简评

这首词和另一首同样相传为李白所作的《忆秦娥》,是现在所能见到的最早由文人创作的词,被尊为"百代词曲之祖"。词的内容是表现一个游子在寒秋傍晚登楼眺望,触景生情而引起的强烈思乡之情。词的上下两片采用了不同的艺术表现手法,上片侧重于景物渲染,下片侧重于心理描写。全词以景传情,以情入景,情景交融,具有极其强烈的艺术感染力。词中所抒之情,既是旅人怀乡的思归之情,也是作者落魄惆怅的无奈之情。

忆秦娥

箫声咽，秦娥梦断秦楼月。〔一〕秦楼月，年年柳色，灞陵伤别。〔二〕 乐游原上清秋节，〔三〕咸阳古道音尘绝。〔四〕音尘绝，西风残照，汉家陵阙。〔五〕

■ 注释

〔一〕咽（yè）：呜咽，这里用来形容箫声的凄凉悲切。秦娥：美女的通称，古时候秦晋一带称美貌为娥，这里用来泛指京城长安的美貌女子。梦断：梦醒，意为被箫声惊醒。秦楼月：秦娥住的楼上的月光。

〔二〕灞陵：汉文帝刘恒的坟墓，在今陕西省西安市东边。古代帝王的坟墓叫陵。灞陵在灞河附近，河上有桥，叫灞桥。唐代送人出京，大多送至灞桥，并折路边的柳枝赠别，所以灞桥在人们的心目中就成了离别之地，被称为"销魂桥"。

〔三〕乐游原：在今陕西省西安市南边。原上有秦代宜春苑和汉代乐游苑旧址，唐代成为游览胜地。由于地处京城长安最高处，可以眺望全城和周围汉代帝王的陵墓，所以每逢正月最末一天、三月三日、九月九日等日子，城中男女都纷纷前来游赏。清秋节：阴历九月九日重阳节，古人在这一天有登高游览的风俗。

〔四〕咸阳：在今陕西省西安市西北方向。汉、唐之时从长安到西北经商或从军，咸阳是必经之地。音尘：车马行进时的声音和扬起的尘土，这里指音信。绝：断绝。

〔五〕西风：秋风。残照：落日的余晖。汉家陵阙（què）：汉代帝王陵墓前的建筑物。阙是古代帝王陵墓前的一种建筑物，样子与皇宫前面两边的门楼相似。

3

■ 简评

　　本词开头两句写秦娥夜半梦醒，以呜咽的箫声，如水的月光，衬托出了秦娥此时的凄苦、孤寂的心境。接下来三句，通过重复"秦楼月"三字起过渡作用，写秦娥因见到一年一度的柳色青青而勾起了对往日同爱人分别的回忆。下片开头两句，以乐游原上游览赏玩的热闹景象与远望咸阳古道杳无音信进行对比，进一步表现对久别之人的想念之情。最后两句通过对夕阳余晖照射在帝王陵阙上这一苍凉景象的描写，强烈地抒发了作者内心的悲哀，从而使词的内容超出了描写离情别绪的范围，而实际上成为怀古伤时情感的抒发。

刘长卿（一首）

刘长卿（？—约789），字文房，河间（今河北河间）人。天宝年间进士，曾任转运使判官。性情刚直，因得罪上司被诬陷，先后两次遭贬谪。官至随州刺史，世称刘随州。中唐时期著名诗人，长于五言，被誉为"五言长城"，有《刘随州集》。

谪仙怨

晴川落日初低，惆怅孤舟解携。〔一〕鸟向平芜远近，人随流水东西。〔二〕　白云千里万里，明月前溪后溪。〔三〕独恨长沙谪去，〔四〕江潭春草萋萋。〔五〕

■ 注释

〔一〕落日初低：斜阳低低地挂在天边。解携：离别，分手。开头两句是作者回忆当时送别的情景。

〔二〕平芜：杂草繁茂的原野。这两句意为：归鸟在杂草繁茂的原野上空或近或远地急急飞翔，而人却沿着流水各奔东西而去。

〔三〕前溪后溪：指东西苕溪（在今浙江北部）。苕溪有两个源头，出天目山之南的为东苕溪，出天目山之北的为西苕溪。

〔四〕恨：遗憾怨愤。长沙谪去：长沙即今湖南省长沙市。西汉时贾谊曾被谪为长沙王太傅，世称"贾长沙"。这里作者用贾谊被谪来比喻友人的被贬，表示对友人不幸遭遇的同情。

〔五〕萋萋（qīqī）：形容草长得茂盛的样子。江潭：借指友人贬谪之处。此句化用西汉淮南小山《招隐士》"王孙游兮不归，春草生兮萋萋"句意，慨叹友人久谪不归。

■ 简评

这首词是作者被贬睦州（今浙江建德），途经苕溪时，在朋友的宴会上为酬答远谪的友人梁耿的寄赠之作。上片回忆往昔送别梁耿的情景，通过对晴川、落日、孤舟、归鸟、流水、远行人等的描写，组成了一幅江边送别图，表现了作者黯然伤别的情怀。下片写别后对梁耿的怀念与同情，进一步表达了对友人的深情思念。作者与梁耿有着相同的遭遇，所以在对友人不幸命运的同情之中，也寄寓了对自身遭遇的愤慨和怨切之情。

韦应物（一首）

韦应物（737—约791）：京兆长安（今陕西西安）人。年轻时曾任过唐玄宗的三卫郎，后历任滁州、江州、苏州刺史，世称韦苏州、韦江州。又因曾任左司郎中，也称韦左司。早年生活放浪，任侠使气，后来折节读书，成为唐代著名诗人。他的诗多写田园山水，并学陶渊明的风格，得到白居易、苏轼等人的好评，前人曾将他与陶渊明、王维并提。有《韦苏州集》。存词《调笑》、《三台》共四首。

调笑令

胡马，〔一〕胡马，远放燕支山下。〔二〕跑沙跑雪独嘶，〔三〕东望西望路迷。迷路，迷路，边草无穷日暮。〔四〕

■ 注释

〔一〕胡：古代泛称北方和西方的各民族或其地物产的用语。胡马即指产于古代西域地区的战马。

〔二〕燕（yān）支山：又称焉支山、胭脂山，在今甘肃省永昌县西、山丹县东南，绵延于祁连山和龙首山之间，因产燕支草而得名，这种草可以用作妇女涂红颜面的化妆品。

〔三〕跑（páo）：指胡马用蹄子刨地。

〔四〕边草：边指边塞，边草即指边地的野草。

■ 简评

　　这首词通过描写边塞风光来表现古代戍守边关的将士们的孤独、痛苦和忧烦。字面上全写胡马，没有写人，但通过描写一匹在燕支山下迷路离群的战马，黄昏之时在广漠的荒原上急躁地用蹄子刨着荒沙和积雪，放声嘶叫，东张西望，而不知该往哪里去，巧妙曲折地表现了长期远离家乡的征人的苦痛心情。

张志和（一首）

张志和（生卒年不详），本名龟龄，字子同，自号玄真子。金华（今浙江金华）人。十六岁时举明经，唐肃宗时待诏翰林。后因事贬官，赦还后隐居江湖间，自号"烟波钓叟"。擅长音乐、书画，著有《玄真子》。词仅存《渔歌子》五首。

渔歌子

西塞山前白鹭飞，〔一〕桃花流水鳜鱼肥。〔二〕青箬笠，〔三〕绿蓑衣，〔四〕斜风细雨不须归。

■ 注释

〔一〕西塞山：在今浙江省吴兴县西，即该县磁湖镇的道士矶（jī）。白鹭：白鹭鸶，性喜群居，在湖泽水田中觅食。

〔二〕鳜（guì）鱼：俗称桂鱼，大口，细鳞，青黄色，背部有不规则的黑斑纹，味道鲜美，为江南名产之一。

〔三〕箬（ruò）笠：一种用竹篾、箬叶编制而成的斗笠。

〔四〕蓑（suō）衣：一种用草或棕毛编织成的雨衣。

■ 简评

　　张志和的《渔歌子》词为一组五首，这是其中的一首。词中所歌咏的"渔父"实际上是一位归隐江湖、怡情山水的隐士，也就是作者的自我写照。"渔父"身上所表现出来的这种淡泊闲适的情怀，在古代那些因官场失意而弃官隐居的文人中间是相当普遍的，其精神实质是追求不与世俗同流合污的独立人格，这种出淤泥而不染的高洁襟怀是值得肯定的。由于这首词是借鉴民间的渔歌而写成的，所以风格质朴，语言清丽，写景生动，色调鲜明，是历代题咏渔父的名篇。

刘禹锡（二首）

刘禹锡（772—842），字梦得，洛阳（今河南洛阳）人。贞元九年（793）进士，授监察御史，参加王叔文、王伾领导的永贞革新，失败后被贬为朗州刺史，十年之后召还，后又出任连州、夔州、和州、苏州、汝州等地刺史。晚年以太子宾客分司东都，世称刘宾客。官终检校礼部尚书。与柳宗元、白居易等诗人友好，人称"刘柳"、"刘白"。有《刘梦得文集》（或题《刘宾客文集》）。是中唐时期较早开始依曲填词的诗人之一。

忆江南

春去也！多谢洛城人。〔一〕弱柳从风疑举袂，〔二〕丛兰裛露似沾巾，〔三〕独坐亦含颦。〔四〕

■ 注释

〔一〕多谢：殷勤致意。洛城：洛阳城，即今河南省洛阳市。

〔二〕弱柳从风：柔弱的柳条随风摆动。疑举袂（mèi）：好像是挥手举袖。袂即衣袖。

〔三〕裛（yì）露：沾湿露水。沾巾：泪水浸湿毛巾。
〔四〕颦（pín）：皱眉。

■ 简评

　　这是一首伤惜春光逝去的词。开头两句以拟人化的艺术手法，写春去之时对洛阳城里的人依依惜别的情致。次二句又把柳树和兰花拟人化，分别写它们似也知情知意，为送别春天归去而无限惆怅。最后一句写一个女子在惜叹春天归去。词中所表现的这种面对姹紫嫣红的春光即将逝去却无力挽住其脚步而无可奈何的惜春伤春感情，也是作者叹惋生命的春天一去不返的哀伤心理的自然流露。

潇湘神〔一〕

　　斑竹枝，斑竹枝，泪痕点点寄相思。〔二〕楚客欲听瑶瑟怨，潇湘深夜月明时。〔三〕

■ 注释

　　〔一〕刘禹锡的《潇湘神》共两首，这里选的是第二首。
　　〔二〕斑竹：有斑纹的竹，亦称湘妃竹。相传舜南巡死于苍梧，葬于九嶷，舜的两个妃子娥皇、女英追到这里，在湘水边望苍梧而泣，泪洒竹上，留下痕迹斑斑，遂成斑竹。
　　〔三〕楚客：泛指包括作者在内的被放逐或贬官江湘一带的人。瑶瑟怨：指湘灵鼓瑟所发出的哀怨曲调。传说娥皇、女英哭舜之后，投湘水而死，成为湘水之神，称为湘灵。瑶瑟，瑟的美称。潇湘：湘水在湖南零陵县西与潇水汇合，称为潇湘。上二句说，"楚客"如果想听湘灵鼓瑟所奏出的哀怨曲声，在潇湘深夜月明之时就可以听到。

■ 简评

　　这首词作于刘禹锡贬官朗州（治所在今湖南常德）期间。虽为祭祀潇湘神而作，但主旨却是抒发作者因理想受挫和无辜被贬而产生的痛苦、怨愤心情。词的主调是"怨"。开头两句写舜妃无力追回舜的亡灵，泪洒斑竹，聊寄哀思，借二妃泣竹的典故，表明了作者的专一之情、贞洁之志。后两句写"楚客"于深夜月明之时徘徊于潇湘之滨，欲听从茫茫水面上传来的瑶瑟之声，实际上是借湘灵诉说离情怨思的瑟声，传达作者内心的忧伤和激愤。全词曲调婉美，自然流畅，尚保存着民间词调的韵味，成功地表现了作者当时凄婉哀伤的心情。

白居易（二首）

白居易（772—846），字乐天，号香山居士，祖籍太原（今属山西），后迁居下邽（今陕西渭南）。贞元十六年（800）进士，曾任翰林学士、左拾遗、左赞善大夫。后因上书获罪，贬为江州（今江西九江）司马，移忠州（今四川忠县）刺史，后又为杭州、苏州、同州（今陕西大荔）刺史，官终刑部尚书。白居易是唐代新乐府运动的提倡者，与当时另一诗人元稹互相唱和，过从甚密，人称"元白"。晚年与刘禹锡为诗友，人称"刘白"。有《白氏长庆集》，存词二十多首。

忆江南〔一〕

江南好，风景旧曾谙。〔二〕日出江花红胜火，〔三〕春来江水绿如蓝。〔四〕能不忆江南？

■ 注释

〔一〕词题共三首，这是其中的第一首。

〔二〕谙（ān）：熟悉。

〔三〕江花：江边的花。

〔四〕蓝：植物名称，品种很多，这里具体指蓼（liǎo）蓝，叶子可以用来制作青绿色的染料。

■ 简评

  白居易曾先后任过杭州刺史和苏州刺史，对江南一带非常熟悉，那里秀丽的风景给他留下了美好的回忆。他回到洛阳居住后，对自己曾经漫游过的江南仍眷恋不已，写了不少怀念旧游的作品，《忆江南》即是其中之一。

  这首词描写江南春景。作者以"江"为中心，寥寥数笔，概括而形象地展现了一幅鲜艳夺目的江南春色图。

长相思

  汴水流，泗水流，流到瓜洲古渡头，〔一〕吴山点点愁。〔二〕
  思悠悠，恨悠悠，恨到归时方始休，〔三〕月明人倚楼。〔四〕

■ 注释

  〔一〕汴（biàn）水：古代河名，在河南荥（xíng）阳附近受黄河之水，经开封，东流至江苏徐州，汇入泗水。泗水：古代河名，源出山东蒙山南麓，南流至江苏淮安，汇入淮河。瓜洲：镇名，在江苏邗（hán）江县南，位于长江北岸，地处大运河入长江处。从唐代开元年间开始，瓜洲一直是长江南北水运交通要冲。以上三句写水流之长，由汴入泗，再入淮，经大运河而入长江。

  〔二〕吴山：泛指江南群山。江南一带古时属吴国。

15

〔三〕悠悠：无穷无尽，绵延不断。归时：指想念中的离家外出的男子归来之时。方始休：方能停止。

〔四〕月明人倚楼：本句有两种解释，一种是：爱人归来后，两人双双倚楼望月；另一种是：月明之夜，这位思念亲人的妇女不能入寐，倚在高楼栏杆上，对着汴泗之水怀想，盼望亲人早日归来。后一种解释较为恰切。

■ 简评

这是一首怀人念远的抒情小词，写一位妇女在明月之夜独倚高楼，望着南流而去的汴泗之水，思念远在江南的亲人，内心充满愁苦情绪。上片写景，但带有想象、夸张的成分，恰当地表达出思妇的愁思如长长的流水，而吴山的愁容无不是思妇内心愁绪的写照。下片抒情，结尾一句巧妙地点出时间、地点和主人公。全词具有一种柔和的民歌风味，自然如行云流水，吟诵起来韵味悠长。

皇甫松（一首）

皇甫松（生卒年不详），字子奇，自号檀栾子。睦州新安（今浙江淳安）人。工部侍郎皇甫湜之子，宰相牛僧孺之外甥。《花间集》录其词十二首，称其为"皇甫先辈"。存词二十二首，大多是绮靡艳情之作。

梦江南

兰烬落，屏上暗红蕉。〔一〕闲梦江南梅熟日，〔二〕夜船吹笛雨萧萧。〔三〕人语驿边桥。〔四〕

■ 注释

〔一〕兰烬：指烛花。红蕉：指美人蕉。这两句说，灯花已经残落，室内烛光渐暗，屏风上画的鲜红的美人蕉也因此而显得暗淡。

〔二〕梅熟日：江南梅子黄熟季节，在春末夏初，这也正是阴雨连绵的时节。此句写梅熟季节的江南风景在梦中展现。

〔三〕萧萧：同"潇潇"，形容雨声。这句说，潇潇雨夜，水上的画船中飘出悠扬的笛声。

〔四〕驿边桥：驿站旁边的桥。驿，驿站，驿亭，是古代外出官员或传送公文的差役途中休息、换马的地方。上二句是对江南景象的具体渲染。

■ 简评

　　这是一首思乡词。作者并没有直接抒发自己思念江南故乡的感情，而是借助对梦中所出现的动人境界的描写，描绘了江南水乡梅雨季节的美丽风光，从而寄托了思念故乡的缱绻之情。在词中，作者选取了潇潇雨夜、水上画船、笛声人语、桥边驿站等具体场景，便把江南暮春景色鲜明生动地再现了出来，而且极富诗情画意。

温庭筠（三首）

温庭筠（？—866），本名岐，字飞卿，太原祁（今山西祁县）人。少聪颖，才思敏捷，但多次应进士试不第。终身潦倒，只做过方城及隋县尉、襄阳巡官、国子助教等小官。他是文人中第一个大量填词的人，其词多写闺情，风格秾丽绵密，辞藻瑰丽，对后来词的影响很大。词集《握兰》、《金荃》俱散失，有王国维辑《金荃集》，收其词七十六首。

梦江南

梳洗罢，独倚望江楼。过尽千帆皆不是，[一]斜晖脉脉水悠悠，[二]肠断白蘋洲。[三]

■ 注释

〔一〕帆：代指船。

〔二〕斜晖：夕阳的斜光。脉脉：默默相对的样子。悠悠：闲静长远的样子。

〔三〕肠断：伤心至极的意思。白蘋洲：开满白色蘋花的洲渚。在古诗词中,白蘋洲常常代指分手的地方。

■ 简评

　　这首小词描写一个妇女在江边楼上终日盼望远出在外的爱人归来的情形。语言简洁,情深意远,对人物的神态心理刻画十分逼真生动,风格清新疏淡,在温庭筠的词作中是较为别致的一首。

菩萨蛮

　　小山重叠金明灭,〔一〕鬓云欲度香腮雪。〔二〕懒起画蛾眉,〔三〕弄妆梳洗迟。〔四〕　照花前后镜,〔五〕花面交相映。〔六〕新帖绣罗襦,〔七〕双双金鹧鸪。

■ 注释

　〔一〕小山重叠:指床榻围屏上所绘之山峦图景。金明灭:金指画上的金碧颜色。唐人已开始作金碧山水画;明灭指阳光透过窗纱照在画屏上所呈明暗显晦之状。一说指画屏上的金碧颜色脱落,明暗不一。

　〔二〕鬓云:鬓角下垂的头发。女子鬓发卷曲,状如云朵,古代诗词中常以"鬓云"来形容之。欲度:此系从云彩的流动产生联想,进一步形容女子鬓发轻扬飘动之状。香腮雪:脸颊白洁柔腻如雪。

　〔三〕懒起:懒懒地起来。

　〔四〕弄妆:妆扮时反复摆弄。

　〔五〕照花:对着镜子往头上簪花。前后镜:指前后用两面镜子照。

〔六〕花面：花指插于脑后发髻之花；面指女子姣美之面容。

〔七〕新帖：新近剪贴上的，所贴即为下句所写到的成双成对的鹧鸪鸟图案。绣罗襦：丝绣短衣。

■ 简评

　　这是一首表现闺愁的词。全词以美人梳妆生活场景为描写对象，突出了一个"懒"字，而透过美人从起床到梳妆打扮过程中的娇慵懒散，又不难窥见她内心之怨愁。所以，"懒起"二字可谓是全词词眼之所在。

更漏子

　　玉炉香，红蜡泪，〔一〕偏照画堂秋思〔二〕。眉翠薄，〔三〕鬓云残，〔四〕夜长衾枕寒。〔五〕　　梧桐树，三更雨，不道离情正苦，〔六〕一叶叶，一声声，空阶滴到明。

■ 注释

〔一〕红蜡泪：红色蜡烛燃烧时滴的蜡液。

〔二〕画堂：布置华美的厅堂。

〔三〕眉翠薄：涂画成翠色的眉毛已经变淡了。

〔四〕鬓云：形容鬓发像云雾一样浓密，鬓云残则喻指鬓发散乱。

〔五〕衾（qīn）：被子。

〔六〕不道：不管，不顾。

■ 简评

　　这是一首表现闺愁的词。上片写女主人公被离情所困扰，因思念意中人而辗转反侧，彻夜不眠。下片写夜雨梧桐，秋风萧瑟，更加映衬了女主人公的"秋思"之苦。情景交融，一片凄怆。

韦庄（二首）

韦庄（836—910），字端己，京兆杜陵（今陕西西安东南）人。韦应物的四世孙。早岁寓居长安、洛阳、虢州等地，壮年南游，足迹遍长江南北，直至昭宗乾宁元年（894）五十九岁时才考中进士，任校书郎。后入蜀，从王建为掌书记，帮助王建创建"前蜀"小王朝。王建称帝后，他任吏部侍郎兼平章事，卒谥文靖。在词创作方面与温庭筠齐名，并称"温韦"。有《浣花集》十卷，已散失，今有辑本，存词五十五首。

菩萨蛮

人人尽说江南好，游人只合江南老。〔一〕春水碧于天，画船听雨眠。〔二〕垆边人似月，〔三〕皓腕凝霜雪。〔四〕未老莫还乡，还乡须断肠。〔五〕

■ 注释

〔一〕合：应当。这两句说，江南风光之好是众口一词的，到江南来的游客是只应该永远留在这里终老不去的。

〔二〕这两句说,春水碧波犹如天空一般明净澄碧,不妨悠闲地躺在画船中,听着雨声入眠。

〔三〕垆边人似月:指酒家女很美。垆,旧时酒店里用土砌成的四边隆起中间可安放酒瓮的台子。汉代司马相如曾经自开酒店,令其美妻卓文君当垆卖酒。

〔四〕皓:白。凝霜雪:像凝结起来的霜雪一样。此句描写酒家女的双臂洁白如雪。

〔五〕须:应。断肠:形容极为伤心。这两句说,江南太值得留恋了,人在没老的时候不要还乡,还乡后会因日夜思念而难过。

■ 简评

这是一首赞美江南的词。作者以清丽的笔调,描写了江南水乡明媚秀丽的风光和江南女子的美丽容貌。词的最后两句表达的情感比较复杂,既有对江南留恋难舍的心情,又有流落他乡的忧郁感伤。

思帝乡

春日游,杏花吹满头。陌上谁家年少、〔一〕足风流?〔二〕妾拟将身嫁与、一生休。〔三〕纵被无情弃,不能羞。

■ 注释

〔一〕陌上:田间的道路上。陌指田野东西向的道路。年少:少年男子。

〔二〕足风流:极其风流潇洒。

〔三〕一生休：终生不移，永远无悔。

■ 简评

这首词描写一游春女子偶遇一美少年而生爱心，决意以身相许，终生无悔的内心情愫。作者以非常简洁的笔法，表现出了这个在春天里被爱情所激发的女子饱满与奔放的情感、坚决与果断的态度。在晚唐、五代众多描写男女爱情的词中，韦庄诗词风格异常清新明朗，耐人品味。

牛希济（一首）

牛希济（生卒年不详），陇西（今甘肃东南部）人，词人牛峤的侄子。乾符进士，做过拾遗、补阙、校书郎等官。蜀后主王衍时，任起居郎、翰林学士、御史中丞等职。后唐李嗣源灭蜀后，任雍州（今陕西西安一带）节度副使。存词十四首。

生查子

春山烟欲收，天淡星稀少。〔一〕残月脸边明，别泪临清晓。〔二〕　语已多，情未了。〔三〕回首犹重道：〔四〕记得绿罗裙，处处怜芳草。〔五〕

■ 注释

〔一〕烟欲收：雾气将要散去。天淡：天空发白，清晨就要开始。这两句说，笼罩在春山上的雾气渐渐地退去，天空发白，星星已经稀少。

〔二〕这两句说，拂晓之时，男女主人公执手道别，残月的光照在女子的半边脸上，惜别的泪珠在晶莹地闪烁。

〔三〕这两句写离别之际，彼此有说不完的话，道不尽的情。

〔四〕重道：再说一遍。

〔五〕绿罗裙：代指穿绿罗裙的女主人公。怜：爱怜。这两句是女主人公对男主人公的叮嘱，叫他不要忘记自己，永远对她保持真挚的爱情。绿罗裙与芳草颜色相同，作者由此产生联想，巧妙构思，让女主人公向男主人公讲出：分别之后，看到芳草要想起穿绿罗裙的我。因为我，要爱怜芳草，从而真切地传达了女主人公的复杂心理状态。

■ 简评

　　这首词描写了一对情人离别时的情形。他们之间婉转缠绵的情思和女主人公对诚挚爱情的追求，在词中得到了生动、细腻的表现。

欧阳炯（一首）

欧阳炯（896—971），益州华阳（今四川双流）人，先任前蜀后主王衍中书舍人，前蜀之后又在后蜀任翰林学士、门下侍郎和平章事等职。后蜀亡后随孟昶降宋，授左散骑常侍。曾为赵崇祚所编的《花间集》作序，对五代词创作中的艳丽之风做鼓吹，颇有影响。他以写艳词著名，但也有一些比较清新婉丽的作品。存词四十八首。

南乡子

画舸停桡，〔一〕槿花篱外竹横桥。〔二〕水上游人沙上女，〔三〕回顾，笑指芭蕉林里住。

■ 注释

〔一〕画舸（gě）：彩饰的大船。桡（ráo）：船桨。

〔二〕槿（jǐn）：落叶灌木，高七八尺，宜种作篱笆。竹横桥：竹子搭的水上横桥。

〔三〕沙上女：沙岸上的女郎。

■ **简评**

　　这首词以简练明快的语言，生动地描画出船上游人和岸上少女搭话的情景，把少女那天真烂漫、自由活泼的神情，表现得异常真切。

李璟（一首）

李璟（916—961），初名景通，字伯玉，南唐烈祖李昇之子，保大元年（943）于金陵嗣位称帝，在位十九年。徐州人。被周世宗柴荣所败，割地江北与周，向周称臣，去帝号，称国主，迁都洪州（今江西南昌），史称南唐中主。善作词，曾和后主李煜招延任用一些词人，如冯延巳等，使南唐成为西蜀以外另一个词的创作中心。存词四首。

浣溪沙

菡萏香销翠叶残，西风愁起绿波间。〔一〕还与韶光共憔悴，〔二〕不堪看。〔三〕　细雨梦回鸡塞远，〔四〕小楼吹彻玉笙寒。〔五〕多少泪珠何限恨，〔六〕倚阑干。〔七〕

■ 注释

〔一〕菡萏（hàndàn）：荷花的别称。这两句说，荷花凋谢，香气消失，荷叶残败，深秋的西风从碧绿的水面上吹过，使人生出缕缕哀愁。

〔二〕还与韶光共憔悴：已经和美好的时光共同憔悴了。指荷花凋落、荷叶残败，以及秋意萧条。还：已经。韶光：美好的时光。这句同时含有对自身憔悴衰老的感叹。

〔三〕不堪看：不忍去看花叶的凋零。

〔四〕梦回：梦醒。鸡塞：即鸡鹿塞，在今内蒙古自治区杭锦后旗西北部。这里泛指塞外。这句说，在睡梦中到遥远的边关去寻找想念的人，醒来时，细雨迷蒙，不胜离愁、怅惘。

〔五〕玉笙：笙的美称。寒：指秋气的寒冷与心情的凄凉。

〔六〕何限恨：何限，何可限量。意为无限的哀愁。

〔七〕阑干：栏杆。"阑"同"栏"。

■ 简评

　　这首词描写一个思念远出在外的丈夫的女子，面对秋风残荷，感叹自己青春年华憔悴、消逝，无限伤神。梦醒后吹笙诉情，心境更加凄凉。凭栏眺望，不胜怅惘。全词情思幽怨，含义深沉。作者李璟曾是南唐皇帝，后降周称臣。这首词正是以思妇的对景生情、念远伤怀，来寄寓自己的家国之痛，感叹南唐的没落。

31

李煜（四首）

　　李煜（937—978），初名从嘉，字重光，号钟隐，南唐中主李璟第六子，961年嗣位，史称南唐后主。在位十五年。宋太祖开宝八年（975），宋军攻破南唐都城金陵，李煜肉袒出降，被俘至汴京（今河南开封），受封违命侯，被软禁两年后，被宋太宗赵匡义赐毒酒毒死。通晓音乐，擅长诗文与书画，尤长于填词。词作艺术成就极高，在词的发展史上有重要地位。存词三十多首。

虞美人

　　春花秋月何时了？往事知多少。〔一〕小楼昨夜又东风，故国不堪回首月明中。〔二〕　　雕栏玉砌应犹在，只是朱颜改。〔三〕问君能有几多愁？恰似一江春水向东流。〔四〕

■ 注释

　〔一〕何时了：何时了结。这两句意思是，春花秋月的美景，什么时候了结？因为一看到就会有无数往事涌上心头，想起在南唐时欣赏春花秋月的美好日子。

〔二〕故国：指南唐。回首：回顾、追忆。这两句说，又是东风吹拂的月明之夜，倚楼远望，在故国金陵时的生活不堪回想。

〔三〕雕栏玉砌：雕花的栏杆和玉石砌成的台阶。这里指作者曾住过的南唐宫殿的精美建筑。朱颜改：面貌变得憔悴，这是暗指国家败亡，自己沦为阶下囚。朱颜，红颜，即年轻的容颜。这两句说，金陵宫殿的雕栏玉砌应该还在，只是国家已亡，自己已成囚客，红颜变得憔悴不堪了。

〔四〕问君：作者设问，实际上是自己问自己。一江：指长江。这两句以水喻愁，意为：倘若要问我有多少愁苦，恰好像那一江滚滚向东流去的春水，无穷无尽。

■ 简评

这首词，是南唐后主李煜被俘以后囚禁汴京时所作，词中表现了作者作为亡国之君怀念故国、感伤身世的哀愁之情。作者把对故国和自身的感叹凝聚为一个"愁"字，借景抒怀，抚今追昔，一切所见所思无不生"愁"，艺术地表达了心中的亡国之痛。形象鲜明生动，情感深沉、悲凉，但也流露出浓重的没落情绪，不过这对于一个像作者这样的昔为帝王、今为囚徒而又无力改变其命运的亡国之君来说，又是不可避免的。由于词中所表现的哀愁痛苦，实际上概括了所有亡国之人的痛苦情感，再加上词本身在艺术上的杰出成就，所以富有感染力，历来评价甚高，"问君"两句更是广为传诵的名句。据记载，李煜被宋太宗毒死，就与这首词有关。

浪淘沙

帘外雨潺潺,春意阑珊,〔一〕罗衾不耐五更寒。〔二〕梦里不知身是客,一晌贪欢。〔三〕　独自莫凭栏,〔四〕无限江山,〔五〕别时容易见时难。流水落花春去也,〔六〕天上人间。〔七〕

■ 注释

〔一〕潺潺(chánchán):溪水、泉水等流动的声音,这里指雨声。阑珊:将尽,衰落。

〔二〕罗衾:丝绸被子。

〔三〕身是客:实际上指作者国破之后做了俘虏,被囚禁于远离故国之地。一晌:片刻之时。

〔四〕凭栏:倚栏远望。

〔五〕无限江山:指原来曾属于南唐的大好河山。又解作重重河山,亦通,即作者凭栏远望,南唐故国被眼前的重重关山所阻隔而望不见。

〔六〕流水落花:落花随流水而去。

〔七〕天上人间:喻迷茫邈远,难以寻觅之意。

■ 简评

这首词写于李煜国破被囚之后,集中地抒发了作者思念故国的哀痛心情。词的上片写作者被帘外潺潺雨声惊醒,好梦消失,告别梦中重温昔日帝王之尊的片刻欢乐,又回到了现实中囚徒的身份,而帘外雨声又在传递着春光将逝的信息,就更加衬托出作者所处现实之冷酷、心境之凄凉。下片写凭栏远望,而痛心于故国难归,旧日生活如春光消逝,一去难觅,无限悲哀尽凝于"流水落花春去也,天上人间"的言语之中。

乌夜啼

无言独上西楼,月如钩,寂寞梧桐深院锁清秋。[一] 剪不断,理还乱,[二]是离愁,别是一般滋味在心头。

■ 注释

〔一〕深院锁清秋:深深的庭院异常安静、冷清,仿佛清秋被锁于其中。

〔二〕剪不断两句:形容离愁别绪,繁复纷乱,无法排遣。

■ 简评

这首词应该是李后主降宋后所作,而意旨则是抒发作者深切的故国之思,亡国之恨。全词笔调沉重,一韵一顿,凄婉欲绝,将作者身被囚禁、孤寂无欢、度日如年的惨淡处境,以及内心之苦痛,非常艺术化地表现了出来。

望江南

闲梦远,南国正芳春。[一]船上管弦江面绿,满城飞絮滚轻尘。[二]忙杀看花人。[三]

■ 注释

〔一〕南国：指广大江南地区。芳春：指春暖花开的美好季节。

〔二〕管弦：管类乐器和弦类乐器，前者如箫笛，后者如琴瑟。飞絮：柳絮。轻尘：指车马过后尘土飞扬。

〔三〕忙杀看花人：忙坏了赏春看花的人们。

■ 简评

　　李煜的《望江南》共两首，分别描绘江南春、秋美景，这里选的是第一首。词写梦境中的江南春色：芳春季节，江面碧波荡漾，船上丝竹乐声悠扬。春风吹拂，城中柳絮飞舞，车马纷纷，前去赏春看花的人来往不绝。春色宜人，春花悦目，观赏场面盛况空前，但是作者并没有直接去描写游赏人群的兴致和场面，而只是以"忙杀看花人"一句概括收尾，但万众睹芳、赏心悦目的生动情景又不难令人想见，所以确属妙笔。这首词是李煜被俘到汴京后写的，词中对江南美景的描绘，体现了他思恋过去、怀念故国的情感。

冯延巳（二首）

冯延巳（903—960），又名延嗣，字正中，广陵（今江苏扬州）人。一直跟随南唐中主李璟，官至同平章事。他是当时词坛大家，词风清丽多彩，委婉情深，多以离愁别恨为内容，艺术水平较高，对北宋初期的词创作影响很大，作品深为晏殊、欧阳修等人喜爱。自编词集《阳春集》，早佚，宋代陈世修有辑本。存词一百二十首，后人又补遗七首，但其中杂有温庭筠、韦庄、李煜、欧阳修等人的作品。

醉桃源〔一〕

南园春半踏青时，〔二〕风和闻马嘶。〔三〕青梅如豆柳如眉，日长蝴蝶飞。〔四〕　花露重，草烟低，人家帘幕垂。〔五〕秋千慵困解罗衣，画堂双燕栖。〔六〕

■ 注释

〔一〕这首词，也有人认为是晏殊或欧阳修所作。

〔二〕踏青：春日出游。古代有踏青节，具体日期因时因地而不同，有在二月二日的，有在三月三日。后世多以寒食、清明节为踏青节。

〔三〕嘶（sī）：马叫。这句是说，和煦的春风传来马儿的欢叫声。

〔四〕青梅如豆柳如眉：形容青梅如豆子般大小，柳叶如美人的画眉那般细长、秀丽。日长：白天渐渐地长了。

〔五〕草烟低：薄薄的烟雾笼罩在浅草上。帘幕垂：放下了帘子和帷幕。

〔六〕秋千慵困：打过秋千后感到困倦。画堂：描彩绘画的堂屋。

■ 简评

　　这首词写一个女子在春日踏青时的所见所闻，以及荡秋千后的心情。其中所描写的春日风光，历历如画。同时，也含蓄地表现了女子孤独、惆怅的内心世界。

谒金门

　　风乍起，〔一〕吹皱一池春水。闲引鸳鸯香径里，〔二〕手挼红杏蕊。〔三〕　斗鸭阑干遍倚，〔四〕碧玉搔头斜坠。〔五〕终日望君君不至，举头闻鹊喜。〔六〕

■ 注释

　　〔一〕乍起：忽然而起。

　　〔二〕引：逗引。香径：飘满花香的小路。

　　〔三〕挼（ruó）：揉搓。

　　〔四〕斗鸭阑干：圈养斗鸭的栅栏。古代富贵人家常临池养鸭，使之相斗为戏。

〔五〕碧玉搔头：玉搔头，即用碧玉制成的簪子。

〔六〕举头闻鹊喜：听到喜鹊叫而高兴，抬头望之。古人以为喜鹊叫是喜事临门的吉兆。

■ **简评**

　　本词描写一位独处的贵妇，怀人念远，寂寞无聊。她一会儿在花间小路上逗玩鸳鸯，一会儿在池水边观看斗鸭，而全部心思则在思念远方的心上人，盼望他能早日归来。词中所描写的景物以及整个环境与人物的身份和心情非常协调，具有极强的艺术表现力。"风乍起，吹皱一池春水"更是历代传诵之名句。

孙光宪（一首）

孙光宪（？—968），字孟文，自号葆光子。陵州贵平（今四川仁寿东北）人。后唐时为陵州判官。后唐明宗天成初，避难江陵，在高季兴幕下掌书记，历事高从诲、高保融、高继冲三世，在南平累官荆南节度副使、检校秘书少监兼御史大夫。后劝南平王高继冲归宋，授黄州刺史。博通经书，著作甚丰，现仅存《北梦琐言》一种。《花间集》和《尊前集》录存其词八十四首，是唐五代词人中存词最多者。

风流子

茅舍槿篱溪曲，〔一〕鸡犬自南自北。菰叶长，〔二〕水蘋开，〔三〕门外春波涨绿。听织，声促，轧轧鸣梭穿屋。〔四〕

■ 注释

〔一〕槿（jǐn）篱：槿篱笆。槿，一种落叶灌木，高七八尺，花有白、红、紫等，叶有齿牙，可种在院落周围以做篱笆。溪曲：溪水的转弯处。

〔二〕菰（gū）：一种多年生草本植物，大多生长在我国南方浅水中，其嫩茎就是茭白，可做蔬菜。其果实叫菰米，可煮食。

〔三〕水葓（hóng）：即荭草，一年生草本植物，高五六尺，有毛，开白色或粉红色花。

〔四〕听织：听织布的声音。声促：声音促迫。轧轧：织布机发出之声。穿屋：指屋内的织布声传到外边。

■ 简评

这是一首以农村生活为题材的词作，所展现的是一幅水乡农村的风俗画，作者准确地摄取了一系列富有特征的水乡环境、景物以及生活内容，以简练朴素的语言描绘了茅舍、小溪、春波、槿篱、鸡犬和"轧轧鸣梭"的织布声等水乡田园风光，充满了农家风味。

王禹偁（一首）

王禹偁（954—1001），字元之，济州巨野（今山东巨野）人。太平兴国八年（983）进士。历任长洲知县、右拾遗、翰林学士、知制诰等职。他散文学韩愈，诗学李白、杜甫，风格接近白居易，是开北宋诗文革新运动先声的作家。有《小畜集》。存词一首。

点绛唇 感兴

雨恨云愁，江南依旧称佳丽。〔一〕水村渔市，一缕孤烟细。〔二〕　天际征鸿，遥认行如缀。〔三〕平生事，此时凝睇，谁会凭栏意？〔四〕

■ 注释

〔一〕雨恨云愁：形容雨多云密，给人们带来了烦愁。江南：这里指长江下游江苏南部一带。佳丽：这里指风景优美。

〔二〕烟：指炊烟。

〔三〕征鸿：远飞的大雁。行（háng）如缀：排列齐整，连缀成行。

〔四〕平生事：指向来所追求的功名事业。凝睇：凝神注视。会：领会，理解。凭栏意：指作者的心事、志向。

■ 简评

　　王禹偁出身清寒，从少年时起就胸怀为国为民、建功立业的大志。这首题为"感兴"的词，写于他中进士并被授为长洲（今江苏苏州）知县之后，词中借景抒情，表达了他对人生价值和功名前途的思考与追求。

潘阆（一首）

潘阆（？—1009），字逍遥，大名（今河北大名）人，曾居钱塘（今浙江杭州）。宋太宗时经友人推荐，召见崇政殿，赐进士及第，授四门国子博士。后以"狂妄"获罪去官，因此改名换姓，逃遁潜匿多年。真宗时获赦，出任滁州（治所在今安徽滁县）参军。有《逍遥集》。传有《逍遥词》十首。

酒泉子〔一〕

长忆观潮，满郭人争江上望。〔二〕来疑沧海尽成空，万面鼓声中。〔三〕　弄潮儿向涛头立，手把红旗旗不湿。〔四〕别来几向梦中看，梦觉尚心寒。〔五〕

■ 注释

〔一〕潘阆的《酒泉子》共十首，这里选的是第十首。

〔二〕观潮：观赏钱塘江潮。钱塘江口每逢海潮袭来，潮头壁立，高达一丈有余，波涛汹涌腾跃，势如排山倒海，极为壮观。每年阴历八月间，怒潮更胜于常时。杭州居民从八月十一日起，便有去观潮的，十六日起更是盛况空前，居民倾城出动，车马纷纷，争相前去一睹奇观。十八日达到高潮，因为当地风俗以十八日为潮神的生日，要举行观潮盛典。满郭：满城。

〔三〕沧海：大海。海水呈苍青色，所以又称作沧海。沧，同苍。鼓声：比喻潮声。这两句以夸张、比喻的手法描绘了潮水涌来时其势如排山倒海、声容俱壮的特点。

〔四〕弄潮儿：指在浪涛中嬉戏的健儿。

〔五〕心寒：因惊惧而战栗。这两句写，离开杭州之后，那钱塘江潮的壮观情景还多次在梦中重现，以致每次梦醒后都感到惊恐。

■ 简评

潘阆是一个以咏潮而著名的词人。这首词以豪迈劲健的笔法描绘了观潮时热闹非凡的场面，潮峰涌来时的壮阔气势，弄潮儿劈波嬉浪履险如夷的矫健英姿，无不写得惊心动魄，扣人心弦，成为古来观潮词中的绝唱，为人们所称道。

林逋（一首）

林逋（967—1028），字君复，钱塘（今浙江杭州）人，初浪游江、淮，后隐居杭州西湖孤山二十年，足迹不到城市，种梅养鹤，称"梅妻鹤子"。终生未娶，隐居不仕。死后谥和靖先生。有《和靖集》。存词三首。

长相思

吴山青，〔一〕越山青，〔二〕两岸青山相对迎。谁知离别情？　君泪盈，妾泪盈，罗带同心结未成。〔三〕江头潮已平。〔四〕

■ 注释

〔一〕吴山：在浙江杭州市南钱塘江北岸。

〔二〕越山：指浙江绍兴市以北钱塘江南岸的山，这一带在春秋时属越国。故名。

〔三〕君：对人的尊称，这里指与该女子相恋的男子。妾：古时女子的谦称。罗带：用丝织成的带子。同心结：把罗带打成心状结，象征同心相爱，送给对方作为信物，表示互相定情。这三句写该女子与她所送行的男子的爱情受到了阻碍，不能如愿，在离别时两人泪眼相视、难舍难分的悲伤情形。

〔四〕潮已平：江潮涨满（意味着船儿就要起航，离别的时候到了）。

■ 简评

　　这是一首写一位女子送别情人的词。词中以女子的口吻，叙写了她的爱情波澜。上片写她特意舟行赶来为对方送行，开头两句以写景起兴，意在咏怀，但同时又描写出了钱塘江两岸山明水秀的自然风光。下片写两人之间的匆匆离别。全词写得婉转流畅，有很浓的民歌风味，而所描写的爱情又属于健康纯洁的范围，所以读来含蓄隽永，余味无穷。

范仲淹（二首）

范仲淹（989—1052），字希文，吴县（今江苏苏州）人。宋真宗大中祥符八年（1015）进士。历任陕西经略副使、参知政事，河东、陕西宣抚使等职。北宋著名政治家、军事家。曾向仁宗赵祯上书言事，要求改革当时弊政，是"庆历新政"的主要主持者。在西北军中多年，对抵御西夏的侵略做出了努力。所作《岳阳楼记》广为后人传诵。词以善写边塞风光和抒发羁旅情怀为特色，对苏轼、王安石等人产生过一定影响。有《范文正公文集》。存词五首。

苏幕遮

碧云天，黄叶地，〔一〕秋色连波，波上寒烟翠。〔二〕山映斜阳天接水，〔三〕芳草无情，更在斜阳外。〔四〕　黯乡魂，〔五〕追旅思，〔六〕夜夜除非，好梦留人睡。〔七〕明月楼高休独倚，〔八〕酒入愁肠，化作相思泪。

- **注释**

〔一〕这两句的意思是：高高的天空，云彩呈现出湛青的颜色；旷阔的原野上，铺满了枯败的黄叶。这是描写秋天寥廓苍茫、萧瑟零落的景象。

〔二〕秋色连波：秋色绵延伸展，与远处的水波连接。波上寒烟翠：充满寒意的翠绿的烟雾笼罩着水面。以上四句点明所写的是秋天景色。

〔三〕这句写夕阳的余晖映照着山峰，远处水天相接。进一步点明了描写的是秋天傍晚的景象。

〔四〕这两句的意思是：芳草无边无际，一直延伸到天涯，所到之处似乎比斜阳更遥远。这是暗指故乡在芳草地的尽头，斜阳还可以看见，而故乡却望不见。"芳草无情"正反衬出了词人思念远在天之一方的故乡和亲人的浓烈感情。

〔五〕黯（àn）乡魂：因思念家乡而心神悲伤。黯即黯然，情绪低落的样子。乡魂即思乡的情绪。

〔六〕追旅思：长久寄居他乡的愁思缠扰不休。追在这里是纠缠的意思。

〔七〕"夜夜除非"两句：每晚只有在做还乡美梦时才能安眠入睡。

〔八〕这一句有双层意思，一是承接前面"夜夜"而来，意思是虽然月色皎洁，高楼上夜景宜人，但也不能去观赏，因为独自一人倚栏眺望，会使本来已充满旅愁的内心更增添许多怅惘之情。二是点明上片所写景色均为登楼眺望所见。

- **简评**

这首词抒发了作者在远离故土的环境中思乡怀亲的一腔深情。词的上片写景，作者以如椽大笔，描绘出了一幅开阔壮观的秋景图，为表达心中的离愁别恨渲染出了浓郁的气氛。下片转入正面抒发思乡的愁绪。写忧愁纠缠和折磨人的情形，以及千方百计排遣而不可解脱的苦闷。全词情调苍凉悲壮、气概雄伟，于低回婉转之中别有一股沉雄清刚之气，从而具有极强的艺术感染力。

渔家傲[一]

塞下秋来风景异，[二]衡阳雁去无留意。[三]四面边声连角起。[四]千嶂里，[五]长烟落日孤城闭。[六] 浊酒一杯家万里，[七]燕然未勒归无计。[八]羌管悠悠霜满地，人不寐，将军白发征夫泪。[九]

■ 注释

〔一〕范仲淹于宋仁宗康定元年（1040）任陕西经略安抚副使（边防军事的副长官）兼知延州（治所在今陕西延安），次年又调知耀州（治所在今陕西铜川），负责抗击西夏入侵中原的军事活动，前后达四年之久。这首词即作于这个时期。

〔二〕塞（sài）下：指延州所在的区域。当时延州接近西北边疆，是防止西夏进攻的军事重镇，故称"塞下"。塞，边塞。

〔三〕衡阳雁去无留意：大雁向衡阳飞去，对荒凉的西北毫不留恋。衡阳在今湖南省，传说秋天北雁南飞，到衡阳回雁峰即止，不再继续往南。衡山的回雁峰即因此而得名。

〔四〕边声：边塞的悲凉之声，如马嘶、风吼、战鼓声等。角：古代军队中的吹器。

〔五〕千嶂里：在层层山峦的环抱中。山峰直立如屏障叫作嶂。此句写延州城周围的环境。

〔六〕长烟落日：长飘直上的烟气，西坠的斜阳。孤城：指延州城。

〔七〕浊酒：颜色浑浊的米酒。

〔八〕燕（yān）然：山名，即今蒙古人民共和国的杭爱山。勒：刻。此句引用汉代窦宪抗击匈奴的典故。据《后汉书·和帝纪》记载，汉和帝永元元年（89），窦宪率兵大败北匈奴，穷追北单于（chányú，匈奴君主的称号），然后登上燕然山，刻石记功而还。全句意思是说，没有打败敌人，边境还不安定，大功未成，所以还乡的事还无从谈起。

〔九〕羌（qiāng）管：羌笛，即笛子，是出自古代西部羌族的一种乐器，故称为"羌笛"、"羌管"。悠悠：形容笛声抑扬凄切。不寐（mèi）：不能入睡。

■ 简评

　　这是一首格调雄浑苍凉，感情深沉悲壮，充满了豪放慷慨之声的词作。词的上片着重写景，下片着重抒情。全词通过景物的描写、气氛的渲染，以及作者怀抱的自抒，一方面表达了作者决心早日平定西夏的叛乱入侵，巩固边疆，建功立业的强烈愿望；另一方面又表现了作者对家乡魂牵梦绕、思念不已的情怀，以及对广大将士们经受着边塞征战的艰辛和思乡恋亲的双重痛苦的深切同情。强烈的爱国激情，浓重的乡思情绪，构成了这首词的主要内涵。

柳永（三首）

柳永（生卒年不详），原名三变，后改名为永，字耆卿，崇安（今福建崇安）人。宋仁宗赵祯景祐三年（1036）进士，官至屯田员外郎，世称柳屯田。少年时期在汴京，生活放浪。考试落第后，填词发泄怀才不遇的牢骚，引起皇帝不满，说："此人花前月下，好去浅斟低唱，何要浮名？且填词去。"于是，自称"奉旨填词"。终生不得志，死后也甚凄凉，由别人出钱埋葬。他是第一个大量作慢词的词人，对词的发展有重大贡献。其词以写羁旅行役、离愁别绪为特长。有《乐章集》，存词近二百首。

望海潮

东南形胜，〔一〕三吴都会，〔二〕钱塘自古繁华。〔三〕烟柳画桥，风帘翠幕，〔四〕参差十万人家。〔五〕云树绕堤沙，怒涛卷霜雪，〔六〕天堑无涯。〔七〕市列珠玑，〔八〕户盈罗绮，〔九〕竞豪奢。〔十〕　　重湖叠巘清嘉，〔十一〕有三秋桂子，十里荷花。〔十二〕羌管弄晴，〔十三〕菱歌泛夜，〔十四〕嬉嬉钓叟莲娃。〔十五〕千骑拥高牙，〔十六〕乘醉听箫鼓，吟赏烟霞。〔十七〕异日图将好景，归去凤池夸。〔十八〕

■ 注释

〔一〕形胜：地理形势优越的地方。

〔二〕三吴：古代称吴兴（今属浙江）、吴郡（今江苏苏州）、会稽（今浙江绍兴）为三吴。都会：人口密集、商业繁华的城市。

〔三〕钱塘：即今浙江省杭州市，旧属吴郡。以上三句写杭州地理形势优越，既是东南一带形势重要的地区，又是三吴最大的都会城市，它历史悠久，一直保持繁华而不衰。

〔四〕画桥：雕饰彩画的桥梁。风帘：挡风的帘子。翠幕：翠绿色的帷幕。

〔五〕参差（cēncī）：长短、高低、大小不一，这里形容楼阁房屋高低不齐。以上三句，"烟柳"句写杭州城外观赏之地的景物，"风帘"句写城内居住区的情形，"参差"句总括前两句，进一步强调这个大都市物阜民康的繁华面貌。

〔六〕"云树"句：入云的高树环绕着江堤的沙路。"怒涛"句：奔腾的江涛翻卷着雪白的浪花。这两句转写从杭州东南边流过的钱塘江的景象。

〔七〕天堑（qiàn）：天然的险阻，这里指钱塘江。

〔八〕市列珠玑：市场上陈列着各种各样珍贵的珠宝。

〔九〕户盈罗绮（qǐ）：家家户户充满了绫罗绸缎，人人衣着华丽。

〔十〕竞豪奢：争着显示豪富奢华。

〔十一〕重（chóng）湖：杭州西湖以白堤为界，分外湖、里湖，故有重湖之称。叠𪩘（yǎn）：指围绕着西湖的重重叠叠的峰峦。清嘉：清秀美丽。

〔十二〕三秋：秋季的三个月，这里指阴历的九月。桂子：桂花。十里：泛指荷花种植面积广泛。

〔十三〕羌管：笛子。此句说，悠扬的笛声在晴空中荡漾。

〔十四〕菱歌：采菱人所唱的歌。泛：漂浮。这句说，夜晚采菱船上传来清扬的歌声。

〔十五〕嬉嬉：戏耍玩笑，十分快活的样子。钓叟：垂钓的老翁。

53

莲娃：采莲的姑娘。

〔十六〕千骑（jì）：一人一马合称骑，千骑则形容古代州郡长官外出时随从人员的众多。高牙：古代将帅的大旗或军前的大旗。

〔十七〕箫鼓：箫曲鼓乐。吟赏：欣赏、吟咏。烟霞：指西湖的湖光山色美景。据说这首词是柳永写给他的老朋友时任两浙转运使孙何的，所以以上三句是对孙何游赏西湖的情景的描写。

〔十八〕异日：他日、日后。图将好景：画出西湖美景。将是语助词，无实意。凤池：即凤凰池，是对唐、宋时代中央政府最高行政机关——中书省的美称，这里代指朝廷。这两句说，希望孙何能把西湖佳景画下来，以便将来高升回朝廷时，好向同僚们夸耀一番。这既是对孙何的应酬语，也是换一个角度对杭州西湖的赞美。

■ 简评

　　这首词在当时便极负盛名。它的主要内容是描写杭州的秀丽景色和城市生活的繁荣面貌。作品有极高的艺术概括力，无论是刻画杭州城内的富庶繁华，还是描绘西湖的清丽、钱塘江的雄壮，都历历如画。这反映了北宋王朝经过八十多年的休养生息之后，到宋仁宗时期（1023—1060），社会上，尤其是大城市曾一度出现的经济繁荣局面，也反映了当时上层阶级豪华奢侈的享乐情形。

八声甘州

　　对潇潇、暮雨洒江天，一番洗清秋。〔一〕渐霜风凄紧，〔二〕关河冷落，〔三〕残照当楼。〔四〕是处红衰翠减，〔五〕苒苒物华休。〔六〕

惟有长江水，无语东流。　　不忍登高临远，望故乡渺邈，[七]归思难收。[八]叹年来踪迹，何事苦淹留？[九]想佳人、妆楼颙望，[十]误几回、天际识归舟。[十一]争知我、倚阑干处，[十二]正恁凝愁。[十三]

■ 注释

[一]潇潇：形容雨势急骤。洗：洗出。这二句说，黄昏时分一阵疾风骤雨，雨后江天，碧澈如洗，一片清秋景色。

[二]凄紧：寒气逼人。

[三]关河：山河。关，山关、关塞。这里指作者旅途经过的关口和河道。

[四]残照当楼：残阳照射在楼上。残照，落日余晖。

[五]是处：到处。红衰翠减：花叶枯萎凋零。

[六]苒苒（rǎnrǎn）：渐渐，同"冉冉"。物华休：景物凋残。物华，美好的景物。

[七]登高临远：登上高处远望。渺邈（miǎo）：遥远。

[八]归思难收：还乡的念头难以收住。

[九]何事：为什么。淹留：久留他乡。

[十]颙（yóng）望：抬头凝望。

[十一]误几回、天际识归舟：好几次错把远远驶来的船看作是爱人的归舟。这句嵌用了谢朓《之宣城郡出新林浦向板桥》诗的"天际识归舟"句。

[十二]争：怎么。

[十三]恁（nèn）：这样，如此。凝愁：忧愁凝结难解。以上两句设想爱人怎么会知道我也正倚着栏杆，怀着如此深沉的忧愁在思念她呢？

55

■ 简评

　　这首词抒写一个异地漂泊者思念家中妻子的忧愁情绪。在秋日黄昏里，他倚在栏杆上，面对一派萧条冷落的景色，思念远乡的妻子，感叹自身的漂泊不定，但又欲归不能，不禁忧愁万分。词中描写雨后清秋景象，气象开阔，笔力苍劲，情调悲壮激越，寄寓着满腔离愁别恨。古人诗词中描写登高望远、思乡怀亲的篇章很多，柳永的这首词是名篇之一，历来受到好评。羁旅行役，思乡盼归，功名挫折，忧患重重，这在封建社会文人中是普遍现象，这首词正可以帮助我们了解这些失意文人们的精神世界。

雨霖铃

　　寒蝉凄切，〔一〕对长亭晚，〔二〕骤雨初歇。都门帐饮无绪，〔三〕方留恋处，兰舟催发。〔四〕执手相看泪眼，竟无语凝噎。〔五〕念去去、千里烟波，〔六〕暮霭沉沉楚天阔。〔七〕　　多情自古伤离别，更那堪、冷落清秋节！〔八〕今宵酒醒何处？杨柳岸晓风残月。此去经年，〔九〕应是良辰好景虚设。便纵有、千种风情，〔十〕更与何人说。

■ 注释

　　〔一〕寒蝉：蝉的一种，体小，赤青色，又名寒蜩、寒螀。凄切：凄凉悲切。

　　〔二〕长亭：古代驿路上十里设一长亭，五里设一短亭，以便行人休息，亦常为送别的地方。

　　〔三〕都门：指京城，即当时的国都汴京（今河南开封）。帐饮：在郊外设置帷帐，宴饮送行。无绪：没有欢乐的情绪。

〔四〕兰舟：画船的美称。催发：催着开船。

〔五〕凝噎：因悲伤而气结声阻，喉咙像是塞住了，说不出话来。

〔六〕去去：远去。烟波：水雾弥漫的江面。

〔七〕暮霭：黄昏时天空的云气。楚天：南方的天空。战国时楚国强大，占有南方大片土地，因此人们泛称南方天空为楚天。

〔八〕更那堪：更何况。

〔九〕经年：年复一年之意。

〔十〕风情：情意。这里指爱情。

■ 简评

这首词是柳永的代表作之一。上片写深秋时节，一对恋人在京城郊外分离时难分难舍的动人情景；下片写离别后的男主人公对旅途及今后孤单生活的一些设想。全词以冷落的秋天景象为衬托，来抒写离情别愁，情调婉约哀怨，最能代表柳永词的风格。"杨柳岸晓风残月"是广为传诵的名句，既以白描手法描绘出了早晨水边凄清寂静的景色特点，又渲染了主人公飘零孤单的身世之感。

张先（二首）

张先（990—1078），字子野，乌程（今浙江吴兴）人。宋仁宗天圣八年（1030）进士，曾任永兴军通判、渝州知州、都官郎中等职，晚年退居吴兴、杭州一带。作词擅长小令，亦作慢词，风格较为纤巧冶艳，善于锻炼字句，多有名句被人传诵，如"不如桃杏犹解嫁东风"、"云破月来花弄影"等，被时人称为"'桃杏犹解嫁东风'郎中"、"'云破月来花弄影'郎中"等。有《安陆词》，又题《张子野词》，存词一百八十多首。

天仙子　时为嘉禾小倅，以病眠，不赴府会〔一〕

水调数声持酒听，午醉醒来愁未醒。〔二〕送春春去几时回？临晚镜，伤流景，〔三〕往事后期空记省。〔四〕　沙上并禽池上暝，〔五〕云破月来花弄影。〔六〕重重帘幕密遮灯，风不定，人初静，明日落红应满径。〔七〕

■ 注释

〔一〕时为嘉禾小倅（cuì）：嘉禾，宋代郡名，即秀州，治所在今浙江嘉兴。倅，副职，这里指判官，负责掌管文书。张先当时任嘉禾判官。

〔二〕水调：曲调名称。相传为隋炀帝所制，在唐代颇为流行。

〔三〕流景：流逝的年华。

〔四〕后期：后会的期约。记省（xǐng）：明白，记得。此句说，回首过去，往事成空；瞻望未来，后期无定，眼前一片空虚迷惘。

〔五〕并禽：成双成对的鸟，如鸳鸯之类。暝：暮色苍茫。

〔六〕云破月来：月亮破云而出，云朵在天上飘流。花弄影：花在月光下摆动着身影。

〔七〕落红：落花。

■ 简评

这是一首表现作者伤春心理的词。春日美景的消逝给作者带来无限愁情，并勾引起对自己年华已逝、老境来临的伤感（作者写这首词时五十二岁）。词中所描写的暝色茫茫、飘风落花的凄清环境，正与作者的这种惜春、伤老心境相吻合。其中"云破月来花弄影"一句，出色地刻画了月夜景色，是历来传诵的名句。除"云破月来花弄影"这一句外，作者在另外两首词中还有"娇柔懒起，帘压卷花影"、"柳径无人，堕风絮无影"的得意句子，所以被人称为"张三影"。

木兰花　乙卯吴兴寒食〔一〕

龙头舴艋吴儿竞。〔二〕笋柱秋千游女并。〔三〕芳洲拾翠暮忘归，〔四〕秀野踏青来不定。〔五〕　　行云去后遥山暝，〔六〕已放笙

歌池院静。〔七〕中庭月色正清明，无数杨花过无影。〔八〕

■ 注释

〔一〕乙卯：宋神宗熙宁八年（1075）。吴兴：郡名，宋时改称湖州，在今浙江吴兴县。寒食：节令名，在清明节前一天。

〔二〕龙头舴艋（zéměng）：竞渡用的样式像蚱蜢的小龙船。吴儿：江南的青少年。宋代在寒食节、清明节有龙舟竞渡的风俗。

〔三〕笋柱秋千游女并：游玩的女子成双成对地打着秋千。笋柱秋千，竹子做的秋千架。并，成双成对。

〔四〕芳洲：生长芳草的水中小洲，这里泛指水边草地。拾翠：本指拾取翠鸟落在草间的羽毛，用来点缀首饰，这里指春游时采集百草。

〔五〕秀野：景色秀丽的郊野。踏青：寒食、清明节到郊野春游叫踏青。来不定：指春游的人来往不停。

〔六〕行云：飘动的云，这里借指春游的女子。此句说，春游的女子终于散去，远山渐渐隐入苍茫的暮色之中。

〔七〕已放笙歌：笙歌吹唱已经停止。放，停止。池院：庭院。

〔八〕杨花：指柳絮。这两句说，庭院中月光如水，一片清明。溶溶月色中，漫天柳絮轻轻飞过，无声无影。

■ 简评

这首词是作者八十六岁高龄在故乡吴兴度寒食节时所作。词中描绘了一幅欢乐的寒食春游图，那吴儿龙舟竞渡，游女郊野踏青，荡秋千，采摘百草，种种欢娱的场面，气氛热烈，兴致高扬，充满了生活的情趣。结尾两句，突出地表现了春夜的幽静之美。

晏殊（二首）

晏殊（991—1055），字同叔，抚州临川（今江西抚州）人。七岁能写文章，十四岁时以神童入试，赐同进士出身。出仕真宗、仁宗两朝，历任右谏议大夫兼侍读学士、同中书门下平章事兼枢密使、礼部尚书、刑部尚书、观文殿大学士知永兴军等。死谥元献，世称晏元献。他一生富贵优游，词作多写歌酒风月、闲情别愁，词语雅丽，音律谐适，是北宋词坛上的重要词人。著作甚丰，都不传，清代初有人辑《晏元献遗文》一卷。有词集《珠玉词》，存词一百三十多首。

浣溪沙

一曲新词酒一杯，去年天气旧亭台。〔一〕夕阳西下几时回？　无可奈何花落去。似曾相识燕归来。〔二〕小园香径独徘徊。〔三〕

■ 注释

〔一〕以上两句说，这次欢宴的天气与去年相同，亭台也依旧。念昔怀人之情含在其中。下句"夕阳西下几时回",道出了今昔之迥异:景象如旧,人却杳然,触目伤神,感慨万千。

〔二〕这两句通过"花落去"、"燕归来"两种实际景物的描写,并与"无可奈何"、"似曾相识"加以组合,表达了对芳春匆匆归去的叹惜和故地陈迹所触发的感伤。

〔三〕香径:铺满落花的小路。此句写主人公形单影只,在去年与人同游的小径上徘徊,往事隐约,心事茫然。

■ 简评

这是一首伤春惜时与忆昔怀人的词。作者对时光的流逝和春意的衰残表示了深深的惋惜,而就在这对花开花落的感伤中,无不含着对现实生活中人生浮沉、生死聚散的慨叹。全词自然婉媚,笔姿摇曳,情韵动人。"无可奈何花落去,似曾相识燕归来"两句,自然浑成,情景交融,对仗工巧,为晏殊之名句,备受后人赞赏。

破阵子

燕子来时新社,〔一〕梨花落后清明。池上碧苔三四点,〔二〕叶底黄鹂一两声,〔三〕日长飞絮轻。〔四〕 巧笑东邻女伴,〔五〕采桑径里逢迎。〔六〕疑怪昨宵春梦好,〔七〕元是今朝斗草赢,〔八〕笑从双脸生。

■ 注释

〔一〕新社:即春社,古代祭祀土神的日子,在立春后、清明前。

〔二〕碧苔：绿色的水苔。

〔三〕叶底黄鹂：树林中的黄莺。

〔四〕日长：指白天变长。飞絮：飘扬的柳絮。

〔五〕巧笑：美丽的笑貌。

〔六〕径：小路。逢迎：相遇。这两句说，想要去东边邻居家找女伴嬉玩，正好她笑眯眯地从那条桑林小径走来了。

〔七〕疑怪：难怪。昨宵：昨天晚上。

〔八〕元：同"原"。斗草：又叫斗百草。古代妇女常用草来做比赛游戏，双方或以所采之草的种类多少和韧性相较高低，或以花草的名称相应对，如狗耳草对鸡冠花等。

■ 简评

　　这首词描写了春日美景和处在这温馨世界中的纯情少女的生活片段。词的上片写景，所展现的是一幅绮丽的阳春美景图。下片则在上片所写的景色背景下，生动地展示了采桑少女斗草嬉戏的动人情景，把少女天真无邪、活泼可爱的神态、心理和音容笑貌描绘得历历在目。全词笔调清新，充满了青春欢乐气息。

宋祁（一首）

宋祁（998—1061），字子京，安州安陆（今湖北安陆）人，后徙开封雍丘（今河南杞县）。宋仁宗天圣二年（1024）进士，历任知制诰、工部尚书、翰林学士承旨等，死后谥景文，后人称宋景文公。曾与欧阳修等人同修《新唐书》。其词语言工丽，善于炼字，曾因"红杏枝头春意闹"一句而被称为"'红杏枝头春意闹'尚书"。存词六首。

玉楼春

东城渐觉风光好，縠皱波纹迎客棹。〔一〕绿杨烟外晓寒轻，红杏枝头春意闹。〔二〕 浮生长恨欢娱少，〔三〕肯爱千金轻一笑。〔四〕为君持酒劝斜阳，且向花间留晚照。〔五〕

■ 注释

〔一〕縠（hú）皱：有皱褶的纱。这里用来比喻起伏均匀的水的波纹。客棹：指游船。

〔二〕闹：喧闹，浓盛。这两句说，远处杨柳如烟，一片嫩绿，虽说是清晨，寒气却不重；红杏花开满枝头，蜂围蝶舞，一片生机盎然的春天气息。

〔三〕浮生：飘浮不定的一生。这是古代文人对人生的一种消极称谓，所以又有"浮生若梦"等说法。长：常。

〔四〕肯爱：岂肯爱惜，即不爱惜。这句说，怎么肯吝惜金钱而轻视欢乐的生活呢？

〔五〕君：指与作者一同游赏的友朋。持酒劝斜阳：举起酒杯挽留斜阳。以上两句说，我要为你举杯挽留住斜阳，让它在花丛中多陪伴我们一些时光吧。

■ 简评

这是一首流传甚广，脍炙人口的名作。"红杏枝头春意闹"一句尤为人称道，作者因而被誉为"'红杏枝头春意闹'尚书"。这一句以杏花的盛开托出春意之浓烈，一个"闹"字，就非常恰切地把春色烂漫、生意盎然的春天景象渲染得淋漓尽致。词的下片抒情，主要叹惜春光易逝，人生短促，难得欢娱，虽然其中有爱惜时光、珍重生命的意思，但主要是表示要不惜千金买笑，及时行乐。

欧阳修（四首）

欧阳修（1007—1072），字永叔，号醉翁，晚年又号六一居士。庐陵（今江西吉安）人。幼年丧父家贫，由寡母教养成人。读书发奋，二十四岁时中进士，先任谏官，后历任翰林学士、枢密副使、参知政事等。死谥文忠，世称欧阳文忠公，是北宋古文运动的著名倡导者。曾撰写《新五代史》，并与宋祁等合撰《新唐书》。为"唐宋八大家"之一。有《欧阳文忠公文集》。词受冯延巳影响，多写恋情游宴、伤春怨别，风格深婉清丽。词集有《六一词》。

采桑子〔一〕

群芳过后西湖好，〔二〕狼籍残红。〔三〕飞絮濛濛，〔四〕垂柳阑干尽日风。　笙歌散尽游人去，〔五〕始觉春空。〔六〕垂下帘栊，〔七〕双燕归来细雨中。

■ 注释

〔一〕这首词是欧阳修晚年退居颍州（治所在今安徽省阜阳）时所作。他共写了十首《采桑子》，歌咏颍州的西湖，这是第四首。

〔二〕群芳过后：春末夏初百花凋谢时节。西湖：指颍州西湖。州城西北，颍河与泉河汇流处，有一天然水泊，称西湖，风景优美，是当时的名胜之地，欧阳修常来此游览。

〔三〕狼籍残红：落花散乱的样子。狼籍，同狼藉。残红，指落花。

〔四〕飞絮濛濛：柳絮纷飞，如下小雨一般。濛濛：微雨的样子。

〔五〕笙歌：笙管乐器伴奏的歌唱。

〔六〕春空：春意消逝。

〔七〕帘栊（lóng）：窗帘。栊，窗户。

■ 简评

暮春时节，作者登楼眺望，"群芳过后"的西湖仍有一番风韵。词的上片描绘百花凋残、柳絮飘飞，着意渲染春末夏初湖上的宁静气氛。下片刻写曲终人散，日暮燕归，抒发了人去春空的怅惘。词中虽也流露了些惜春、悼春的情绪，但主要是从赞美残春景色的角度来写的。这不仅体现了作者对颍州西湖风景的热爱，也体现出了他独特的审美情调。

踏莎行

候馆梅残，〔一〕溪桥柳细，草薰风暖摇征辔。〔二〕离愁渐远渐无穷，迢迢不断如春水。〔三〕　寸寸柔肠，〔四〕盈盈粉泪，〔五〕楼高莫近危栏倚。〔六〕平芜尽处是春山，行人更在春山外。〔七〕

■ 注释

〔一〕候馆：都市中迎候宾客的馆舍，这里指旅舍。梅残：梅花开败。

〔二〕薰（xūn）：香草，这里引申为香气。征：远行。辔（pèi）：马的嚼子和缰绳。此句说，春风和暖，春草散发着香气，旅人却正在骑马远行。

〔三〕离愁：因离别而产生的愁情。迢迢（tiáotiáo）：形容路途遥远。

〔四〕寸寸柔肠：形容伤心到极点，犹言肝肠寸断。

〔五〕盈盈：形容泪水充溢的样子。粉泪：特指女子的眼泪。这两句写家中妻子因思念而痛心流泪。

〔六〕危栏：楼上高高的栏杆。危，高。

〔七〕平芜：平坦的草地。行人：指被妻子思念的旅人。这三句写妻子的心理活动，她说：别上楼去靠着那高高的栏杆痴望了，人已经走远了，望不见了。能望到的只是一片长满青草的平地，草地尽头的春山挡住了视线，而人早已走到春山的那边去了，又如何能看得见呢？

■ 简评

这是一首描写离别的词。先从骑马上路远行的男子一方写起，写他在行旅途中面对一派大好春色，无比伤情，愈走愈抑制不住内心强烈的愁思，异常想念家中的爱人。接着又写家中的爱人也思念远行的丈夫，她登楼望远，遥念远人，那平原、春山更引起了满怀愁思。词中刻画人物内心细腻，情感深挚婉约，表现出很高的艺术性。

蝶恋花

庭院深深深几许？〔一〕杨柳堆烟，〔二〕帘幕无重数。玉勒雕鞍游冶处,〔三〕楼高不见章台路。〔四〕　雨横风狂三月暮,〔五〕门掩黄昏,无计留春住。泪眼问花花不语,乱红飞过秋千去。〔六〕

■ 注释

〔一〕几许:到底有多深。

〔二〕杨柳堆烟:一簇簇的杨柳攒聚一处,好像烟雾堆积。

〔三〕玉勒雕鞍:镶玉的马笼头和雕花的马鞍,代指豪华瑰丽的马车。勒:马笼头。游冶处:指歌楼妓馆。

〔四〕章台:歌楼妓馆。汉代长安有章台街,为当时妓女居住之处,后来便以"章台"作为妓院的代称。

〔五〕雨横:雨势极猛。横,凶猛。

〔六〕乱红:指落花。

■ 简评

本词似抒写一位身居深宅大院内的上层社会女子的孤独、感伤、苦闷之情,这种情感的产生与丈夫在外走马章台、寻欢作乐,自己被囚深院、青春飘零不无关系。而作者在表达这一切时,又将其与暮春黄昏、风雨飘摇、群花凋落的自然景象糅合在一起,因而在艺术上达到了情景交融、浑然一片的境地,所以历来评价极高。

南歌子

凤髻金泥带,〔一〕龙纹玉掌梳。〔二〕走来窗下笑相扶。〔三〕爱道:"画眉深浅、入时无?"〔四〕　弄笔偎人久,描花试手初。〔五〕

等闲妨了绣功夫。〔六〕笑问："双鸳鸯字怎生书？"〔七〕

■ 注释

〔一〕凤髻：梳成凤凰式样的发髻。金泥带：用金色颜料涂饰过的带子，用以束发，北宋时期颇为流行。

〔二〕龙纹玉掌梳：雕着龙纹的手掌形状的玉梳，插在发髻上。以上两句描写一位发式和发饰既入时又艳美的新嫁娘。

〔三〕这一句写，新娘轻轻走到窗下，新郎连忙迎上前去扶住。

〔四〕此句借用唐代朱庆馀《近试上张水部》"洞房昨夜停红烛，待晓堂前拜舅姑。妆罢低声问夫婿，画眉深浅入时无"的成句。入时，合于时式。无，同"么"，表示疑问。

〔五〕弄笔：摆弄着笔管。偎人久：久久地依偎着新郎。试手初：初次试试自己描花的手段。

〔六〕等闲妨了绣功夫：白白地耽误了绣花的时光。

〔七〕怎生：怎样，如何。书：写。

■ 简评

这首饶有情趣的词，以十分通俗的语言，通过一系列富有戏剧性的举止动作，描绘了一位既娇柔多情，又狡黠可爱的新娘子。她那打扮入时的外观，活泼机灵的性格，都得到了生动的表现。词中通过新娘子的两句聪明、俏皮、含蓄、风趣的问话，巧妙地写出了她新婚时内心的一片柔情蜜意。

王安石（一首）

王安石（1021—1086），字介甫，号半山，抚州临川（今江西抚州）人。宋仁宗庆历二年（1042）进士。嘉祐三年（1058）上万言书，提出变法主张。神宗熙宁二年（1069）任参知政事，次年为宰相，实行变法，因遭旧党的强烈反对，于熙宁九年（1076）被迫辞职。后退居江宁（今江苏南京），封荆国公，世称王荆公。他集政治家与文学家于一身，为"唐宋八大家"之一，在文学创作上有多方面的成就。有《临川先生文集》。词辑本《临川先生歌曲》，存词二十余首。

桂枝香　金陵怀古

登临送目，〔一〕正故国晚秋，〔二〕天气初肃。〔三〕千里澄江似练，〔四〕翠峰如簇。〔五〕归帆去棹残阳里，〔六〕背西风、酒旗斜矗。〔七〕彩舟云淡，〔八〕星河鹭起，〔九〕画图难足。〔十〕　念往昔繁华竞逐。〔十一〕叹门外楼头，悲恨相续。〔十二〕千古凭高，对此漫嗟荣辱。〔十三〕六朝旧事随流水，但寒烟芳草凝绿。〔十四〕至今商女，时时犹唱，后庭遗曲。〔十五〕

■ 注释

〔一〕登临送目：登高远望。此句领起上片，表明以下所描写全是望中所见。

〔二〕故国：旧都城，这里指金陵（今江苏南京）。金陵初名建业，宋时为江宁，曾是东吴、东晋、宋、齐、梁、陈六朝的首都，所以有"故国"之称。这句点明地点、时间。

〔三〕肃：肃杀。这句是说天气刚刚进入深秋。

〔四〕千里澄江似练：千里长江水色澄澈，远远望去，宛如一条铺陈着的白色绸带。江，指长江。练，白色绸带。

〔五〕如簇（cù）：像箭头一样攒聚，形容远山攒立。

〔六〕归帆去棹：指来来往往的船只，分别以船上的帆和棹代指船。

〔七〕酒旗：又称酒帘，酒店门前所挂的标识。宋代酒店门前往往以大幅青、白布用竹竿高高竖起做招牌。斜矗（chù）：斜竖着。

〔八〕彩舟：对船的美称。这一句写远景，意谓江上的彩船被轻云遮掩，隐约可辨。

〔九〕星河：银河，这里指远望中的长江。鹭：指白鹭，一种水鸟。长江中有白鹭洲（在今南京市水西门外），洲上白鹭群生。这句说，远远望去，白鹭洲上的鹭纷纷起舞，仿佛是在银河上飞翔一样。

〔十〕画图难足：意谓风景之美，用图画都难完全描绘出来。

〔十一〕繁华：指六朝统治阶级在金陵穷奢极欲的糜烂生活。竞逐：竞争、追逐。

〔十二〕门外楼头：指朱雀门外和结绮阁，为杜牧《台城曲》"门外韩擒虎，楼头张丽华"两句的缩写，以此来概括陈后主亡国一事。隋文帝开皇九年（589），隋朝名将韩擒虎率五百精兵攻入金陵朱雀门，直扑宫中，相传隋兵破门而入之时，六朝最后一个皇帝陈后主还正和他的宠妃张丽华在结绮阁上赋诗作乐呢。这两句慨叹六朝统治者因奢侈荒淫而相继亡国。

〔十三〕凭高：登高。对此：面对着六朝兴亡历史。漫嗟（jiē）：徒然叹息。荣辱：指兴盛和败亡。这两句说，数百年来，多少人在此登临，面对六朝兴亡历史，徒然叹息。

〔十四〕凝绿：没有生意的绿色。这两句说，六朝兴亡之事，像流水一般，已经一去不复返了，只剩下寒烟、芳草，年年依旧。

〔十五〕商女：指卖唱的歌女。后庭遗曲：指陈后主所作的《玉树后庭花》，其词哀怨靡丽，当时有人认为这是陈亡的预兆，因此后世视此曲为亡国之音。这三句是从杜牧《泊秦淮》诗"商女不知亡国恨，隔江犹唱后庭花"化出，表达了作者对北宋统治者苟且偷安、耽于淫乐的愤慨。

■ 简评

这是一首登临怀古的词，作者通过对金陵秋色的描写，抒发了兴亡之感。上片写景，澄江、翠峰、归帆、酒旗、彩舟、白鹭，色彩斑斓，动静相间，构成了一幅壮丽的画面。下片怀古，作者对六朝统治集团"繁华竞逐"，覆亡相继的历史，深表惋叹，这是针对宋朝当时的政治现实而发的。

晏几道（二首）

晏几道（生卒年不详），字叔原，号小山，晏殊第七子。曾监颍昌许田镇，后为乾宁军通判、开封府推官等。作词擅长小令，大半抒写爱情离合和人生聚散无常的悲欢，缠绵悱恻，凄婉动人。有《小山词》，存词二百六十首。

菩萨蛮

哀筝一弄湘江曲，〔一〕声声写尽湘波绿。〔二〕纤指十三弦，细将幽恨传。〔三〕　　当筵秋水慢，〔四〕玉柱斜飞雁。〔五〕弹到断肠时，春山眉黛低。〔六〕

■ 注释

〔一〕湘江曲：湘江是传说中舜的二妃泪洒斑竹和投江而死的地方，湘江曲即指以这一传说为题材的乐曲，曲调悲凉哀怨，所以开头说"哀筝"。

〔二〕写：同"泻"。这句说，湘江曲的乐调美妙有如湘江绿波在倾泻奔流。

〔三〕十三弦：唐宋时教坊中所用的筝均为十三弦。以上两句说，筝女用纤柔美巧的手指弹拨筝弦，细传出难以明言的忧愁暗恨。

〔四〕当筵：在筵席上。指明筝女是在筵席上为人弹奏。秋水慢："秋水"形容眼睛的明亮晶莹，"秋水慢"则形容筝女凝神弹奏，眼中闪射出异样的神采。

〔五〕玉柱：筝上弦柱的美称。这一句说，筝柱斜列如雁飞长天。

〔六〕春山眉黛低：形容筝女低眉垂首，悲不自胜。

■ 简评

这首词描写一个筝女在筵席上为人弹奏筝曲。她技艺高超，神采动人，纤指轻抚，幽恨暗传；明眸流盼，入神入境；敛眉垂目，哀怨无穷。词中筝女的形象刻画传神，又以湘江水比喻湘江曲音乐形象，不仅写出了筝声的哀切，而且进一步写出了筝女内心的哀怨。全词写得声情动人，韵致无限，令人有身临其境之感。

临江仙

梦后楼台高锁，酒醒帘幕低垂。〔一〕去年春恨却来时，〔二〕落花人独立，微雨燕双飞。〔三〕　记得小蘋初见，〔四〕两重心字罗衣。〔五〕琵琶弦上说相思。〔六〕当时明月在，曾照彩云归。〔七〕

■ 注释

〔一〕以上两句写梦觉酒醒后楼锁帘垂，欢情不再的凄凉景象。

〔二〕春恨：指春天离别的愁恨。却来：又涌上心头。

〔三〕落花二句：独立花前，看燕子双飞。这两句用五代翁宏《春残》诗"又是春残也，如何出翠帏？落花人独立，微雨燕双飞"中成句，追忆去年春天伤别的情景。

〔四〕小蘋：歌女名。晏几道的友人沈廉叔、陈君宠家中有莲、鸿、蘋、云等歌女，他们三人经常填词由这些歌女在席间歌唱。

〔五〕两重心字罗衣：上面绣着重叠心字纹图案的罗衣。此句语带双关，既写小蘋的衣着，又表达作者与她之间的柔情蜜意。也有解作上衣的领子为心字形的，亦通。

〔六〕琵琶句：通过弹奏琵琶来诉说相思之情。

〔七〕彩云：比喻小蘋。以上两句说，当时曾经照着小蘋归去的明月仍在眼前，而小蘋却见不到了。

■ 简评

据《词林纪事》，晏几道的这首词是为怀念歌女小蘋而写的。词中抒发了作者因思念小蘋而产生的怅惘之情，然而又不直诉，而是融于形象之中，因而显得非常含蓄蕴藉，余味不尽。词中通过"去年"、"记得"、"当时"等时空转移，很好地传达了作者思绪之起伏不平，颇具艺术感染力。

王观（一首）

王观（生卒年不详），字通叟，如皋（今江苏如皋）人。宋仁宗赵祯嘉祐二年（1057）进士，曾任大理寺丞、江都知县、翰林学士等。词集名《冠柳集》，已佚，有赵万里辑本。存词十六首。

卜算子　送鲍浩然之浙东〔一〕

水是眼波横，山是眉峰聚。〔二〕欲问行人去那边？眉眼盈盈处。〔三〕　才始送春归，又送君归去。若到江南赶上春，千万和春住。〔四〕

■ 注释

〔一〕鲍浩然：生平不详，为作者友人。之：往。浙东：今浙江东南部，因在宋时属浙江东路，故简称浙东。

〔二〕"水是眼波横"两句：古人常有"眼如秋水"、"眉如春山"的比喻，所以有"眼波"、"眉峰"之说。这里反过来比喻，说水是眼波，山是眉峰，使自然山水成为有情之物。

〔三〕眉眼盈盈处：比喻友人要去的地方是山明水秀的浙东。盈盈：脉脉含情。

〔四〕以上两句叮咛友人：你到江南之后，如果赶上江南的春光，千万要和春光同住啊！充满了惜春之情和对友人的祝愿。

■ 简评

　　这是一首送别词。上片写友人一路山水行程，含蓄地表达了惜别深情。以眼波和眉峰来形容水和山，构思新巧，能给人以多方面的联想。下片写离别思绪和对友人的深情祝愿，情意眷眷而不显悲戚。

孙浩然（一首）

孙浩然（生卒年不详），宋仁宗、英宗时人，生平事迹不详。存词二首。

离亭燕

一带江山如画，〔一〕风物向秋潇洒。〔二〕水浸碧天何处断？〔三〕霁色冷光相射。〔四〕蓼岸荻花洲，掩映竹篱茅舍。〔五〕　天际客帆高挂，〔六〕烟外酒旗低亚。〔七〕多少六朝兴废事，尽入渔樵闲话。〔八〕怅望倚层楼，〔九〕寒日无言西下。〔十〕

■ 注释

〔一〕一带：指金陵一带。关于金陵，见王安石《桂枝香》注〔二〕。

〔二〕风物：景物。潇洒：形容秋天景物萧疏清爽。

〔三〕水浸碧天何处断：无边无际的江水，伸展到远方，水天相连，分不清界线。

〔四〕霁色冷光相射：秋雨后的晴光和江面上的粼粼波光，发出清冷色调，互相映照。

〔五〕蓼岸：长满蓼草的江岸。蓼，草名，生长在江边等潮湿处，开白色带红的五瓣小花。荻花洲：洲渚上长满荻草，荻花遍开，一望无际。荻，多年生草本植物，状似芦苇，生长在水边。掩映竹篱茅舍：竹篱笆、茅草小屋隐约可见。这两句写江岸和洲渚上的秋色。

〔六〕天际客帆高挂：远处的行舟高挂着风帆。

〔七〕酒旗：见王安石《桂枝香》注〔七〕。低亚：低压。亚通"压"。

〔八〕六朝兴废事：六朝兴衰的往事。六朝指吴、东晋、宋、齐、梁、陈六个朝代，都先后在金陵建都。渔樵闲话：渔父和樵夫们的闲谈。

〔九〕怅望倚层楼：站在高楼上，凭栏眺望，心情沉重。

〔十〕寒日无言西下：夕阳垂落西山，清寒的余晖消失。

■ 简评

这是一首登楼怀古的词作。作者通过对金陵秋天苍凉景色的描写，抒发思古幽情，对金陵的兴衰不胜慨叹。这首词对金陵秋色的描写十分成功，那秋天萧爽寒凉的空气和色调似乎都能感触得到。同时，那满目苍凉的景色与作者对六朝兴亡的伤感互相烘托，融合交汇，成功地表现了作者对人世沧桑、历史兴亡的深沉感慨。

苏轼（七首）

苏轼（1037—1101），字子瞻，一字和仲，号东坡居士，眉州眉山（今四川眉山）人。宋仁宗嘉祐二年（1057）进士，历任凤翔府签判、杭州通判，知密、徐、湖诸州。元丰中，因写诗被指控为讥刺新法而下狱，后贬黄州任团练副使。元祐中被召回，迁中书舍人、翰林学士，除龙图阁学士知杭州，改知颍州、扬州。还，迁端明殿学士、礼部尚书，再知定州。在地方官任上，多为有利民生之事。绍圣初复行新法，再遭贬谪，放逐惠州、儋州（今海南儋州）。徽宗赵佶即位，赦还，卒于常州。为北宋中期文坛领袖，诗、词、文、书、画均有杰出成就。词以"豪放"著称，在风格、体制方面皆有创新，开辛弃疾之先河，世称"苏辛"。著述甚丰，诗文有《东坡七集》。词集名《东坡乐府》，存词三百余首。

水调歌头

丙辰中秋，[一]欢饮达旦，[二]大醉，作此篇，兼怀子由。[三]

明月几时有？把酒问青天。[四]不知天上宫阙，[五]今夕是何年。我欲乘风归去，[六]又恐琼楼玉宇，[七]高处不胜寒。[八]起舞弄清影，何似在人间！[九] 转朱阁，低绮户，照无眠。[十]不应有恨，何事长向别时圆？[十一]人有悲欢离合，月有阴晴圆缺，此事古难全。[十二]但愿人长久，千里共婵娟！[十三]

■ 注释

〔一〕丙辰：宋神宗熙宁九年（1076）。

〔二〕达旦：到天亮。

〔三〕子由：苏轼的弟弟苏辙，字子由，宋代著名文学家，唐宋古文八大家之一。

〔四〕几时：何时。把酒：手持酒杯。这两句中，作者见月生情，借题发挥，文意与李白《把酒问月》诗"青天有月来几时？我今停杯一问之"相同。

〔五〕宫阙（què）：旧时皇宫门前两旁的楼阁称"阙"。这里指月宫。

〔六〕乘风归去：像神仙一样乘风飞向月宫。

〔七〕琼楼玉宇：指神仙所居住的天上宫阙。古代神话和文学作品中描写月亮上有琼楼玉宇。

〔八〕高处不胜（shēng）寒：琼楼玉宇太高了，忍受不了那里的寒冷。不胜，经受不住。

〔九〕清影：指月光下自己的身影。这两句说，在月光下跳舞，清影伴我，一起舞蹈嬉戏，天上怎么能比得上人间快乐呢。

〔十〕朱阁：华丽的楼阁。绮（qǐ）户：雕刻着花纹图案的门窗。无眠：指失眠之人。这三句描写月色，转、低、照均指月光的移动。

〔十一〕"不应有恨"两句：这两句说，明月，您总不该有什么怨恨吧，为什么总是在人们离别的时候才圆呢？作者通过这一设问，含蓄地表达思念亲人的眷眷情怀和远离亲人无由相会的伤感。

〔十二〕这三句自我宽慰,意思是:人有悲欢离合,月有阴晴圆缺,这是无法避免的,世上从来就没有十全十美的事情。

〔十三〕共:同赏。婵娟:形态美好的样子,这里指嫦娥,也就是代指月亮。这两句既是作者自慰,也是与其弟子由共勉。

■ 简评

在古代诗词中,月亮是一个被充分诗化了的集中了人类许多美好理想和憧憬的艺术形象。诗人们通过咏月,抒发自己对人生的种种体验和真情,苏轼的这首久负盛名的词也正是这样。写这首词时,苏轼正处于政治上失意的时期,与自己的弟弟苏辙也整整七年没有见面了,所以心情异常抑郁。但是,作者在因对现实不满而幻想乘风上天以获得彻底从凡俗中解脱出来的同时,又不忍离弃人间的温暖。这种内心的矛盾,在词的上片中得到了充分的表达。词的下片则抒发了对情同手足的胞弟的怀念之情。作者为因不能与思念中的亲人团聚而感到伤痛,但是马上又通过月有阴晴圆缺这一自然现象,说明人间的悲欢离合也同样是难以尽免的,以旷达的胸怀对待这种作为人生憾事的骨肉离别,这就有了最后两句深挚的祝愿之言。

念奴娇　赤壁怀古〔一〕

大江东去,浪淘尽,千古风流人物。〔二〕故垒西边,人道是,三国周郎赤壁。〔三〕乱石穿空,惊涛拍岸,卷起千堆雪。〔四〕江山如画,一时多少豪杰!　　遥想公瑾当年,小乔初嫁了,〔五〕

雄姿英发。〔六〕羽扇纶巾，〔七〕谈笑间，樯橹灰飞烟灭。〔八〕故国神游，〔九〕多情应笑我，早生华发。〔十〕人间如梦，〔十一〕一尊还酹江月。〔十二〕

■ 注释

〔一〕赤壁：山名。以"赤壁"为名的地方共有五处，其中较著名的有两处，一在湖北蒲圻县西北长江南岸，三国时周瑜打败曹操的"赤壁之战"就发生在这里（一说在湖北嘉鱼县东北长江南岸）；一在湖北黄冈城西北，又名赤鼻山。苏轼在词中所写的赤壁是黄冈赤壁，当时他谪居黄州（今湖北黄冈），曾多次去游赤壁，这首词就是他一次游赤壁时所写。

〔二〕大江：指长江。淘：冲洗。千古：喻年代久远。风流人物：指那些历史上有影响的杰出的英雄人物。这三句把大江与千古人物联系起来，表现了作者在长江岸边对景抒情的壮怀和对历史上英雄人物的凭吊。

〔三〕故垒：旧时的营垒。人道是：人们传说是。三国：历史上把东汉以后出现的魏、蜀、吴三国鼎立称为三国时期。周郎：周瑜，字公瑾，三国时吴国著名的将领，二十四岁时就被任命为"建威中郎将"，吴国人称他为周郎。

〔四〕乱石穿空：陡峭的山崖高插云霄。惊涛：汹涌的巨浪。千堆雪：形容翻滚的浪花。

〔五〕公瑾：周瑜的字。小乔：周瑜的妻子。她的父亲有两个女儿，都十分美丽，人称大乔、小乔。大乔嫁给孙策，小乔嫁给周瑜。

〔六〕英发：卓越不凡，英气勃发。

〔七〕羽扇：用羽毛做成的扇子。纶（guān）巾：古代的一种青丝带头巾。

〔八〕樯（qiáng）橹：樯是船上用来挂帆的桅杆，橹是划船的桨，这里合在一起用来借代船。

〔九〕故国：旧地，指古战场赤壁。神游：神往。这句是神游故国的倒装句。

〔十〕多情应笑我："应笑我多情"的倒装句。华发：花白的头发。

〔十一〕人间，一作"人生"。如梦，一作"如寄"。

〔十二〕尊：酒器。酹（lèi）：把酒洒在地上祭奠。这句是说，光阴虚度，功业无成，还是邀明月共醉，以酒浇愁吧。

■ 简评

　　这首气象磅礴、格调雄浑、境界宏大、高唱入云而流传千古的词作，描绘了赤壁雄伟壮观的景色，塑造了英雄人物周瑜的不凡形象，同时也表达了作者自己有志报国、壮怀难酬的内心感慨。词结尾的调子有些低沉消极，这正是社会现实、自我命运与理想尖锐冲突而在作者心理上的反映。但是，那欲作旷达的心情，仍反映出作者豪迈的性格。

卜算子　黄州定惠院寓居作〔一〕

　　缺月挂疏桐，〔二〕漏断人初静。〔三〕惟见幽人独往来，〔四〕缥缈孤鸿影。〔五〕　　惊起却回头，有恨无人省。〔六〕拣尽寒枝不肯栖，〔七〕寂寞沙洲冷。〔八〕

■ 注释

〔一〕定惠院：佛寺名，又叫定惠寺，在黄州东南。

〔二〕疏桐：枝叶稀疏的梧桐树。

〔三〕漏断：漏指漏壶，古代的一种用铜制成的计时器具，分播水壶和受水壶两部分。播水壶分层、有孔，滴水下注，流入受水壶中。受水壶内有上面有刻度的立箭，随蓄水位上升而显示刻度，即表示时间。漏壶中的水滴光了，说明夜已经很深了。

〔四〕惟：仅、只。幽人：幽居之人，这里形容孤雁。

〔五〕缥缈：若隐若现、若有若无。

〔六〕省（xǐng）：理解，明白。

〔七〕寒枝：冬天寒冷季节的树枝。

〔八〕沙洲：江河中由泥沙淤积而成的陆地。

■ 简评

在这首词中，作者将自己比喻为一只离群的孤雁，以表现自己孤高自赏，不与世俗同流合污的生活态度。词中生动地刻画了孤鸿的艺术形象，它的幽处、独守、它的刻意追求，不愿苟且，都体现出一种傲岸和自甘寂寞的性格，而这正是作者内心世界的真实写照。

定风波

三月七日，沙湖道中遇雨。〔一〕雨具先去，〔二〕同行皆狼狈，〔三〕余独不觉。〔四〕已而遂晴，〔五〕故作此词。

莫听穿林打叶声，〔六〕何妨吟啸且徐行。〔七〕竹杖芒鞋轻胜马，〔八〕谁怕？一蓑烟雨任平生。〔九〕　料峭春风吹酒醒，〔十〕微冷，山头斜照却相迎。〔十一〕回首向来萧瑟处，〔十二〕归去，也无风雨也无晴。〔十三〕

■ 注释

〔一〕三月七日：宋神宗元丰五年（1082）三月七日，当时苏轼贬居黄州（治所在今湖北黄冈）。沙湖：在黄冈东南三十里处。这天，苏轼去沙湖看新买的农田。

〔二〕雨具：这里指拿雨具的仆人。

〔三〕同行皆狼狈：一同去的人都被雨浇得狼狈不堪。

〔四〕余：第一人称代词，我，即作者。不觉：不以为然。

〔五〕已而遂晴：一会儿天就晴了。

〔六〕穿林打叶声：指风雨袭击树林所发出的声音。

〔七〕吟啸：吟诗、长啸，表示仪态安详。徐行：慢步向前。

〔八〕竹杖芒鞋：拄着竹杖，穿着草鞋。

〔九〕一蓑烟雨任平生：披着蓑衣在风雨里过一辈子，也处之泰然。这一句中的"烟雨"，既指自然现象的风吹雨打，又指社会政治斗争和人生经历中的曲折，体现了作者的人生态度。

〔十〕料峭春风：略带寒意的春风。

〔十一〕山头斜照：前方山头，夕阳斜照。这句写雨过天晴。

〔十二〕回首向来萧瑟处：回望刚才遇雨时走过的地方。萧瑟，风吹雨打树林的声音。萧瑟处，即指遇雨的地方。

〔十三〕也无风雨也无晴：云消雾散，斜阳也收敛了光辉，一切都已成为过去。这句写作者轻松平静的心境，既是经历了自然界的一场风雨之后的心理感受，也是对自己经历的一切政治风云、人生挫折的内心体验和反省。

■ 简评

这首词通过描写途中遇雨，表现了作者"一蓑风雨任平生"，即不避风雨、不计得失、不畏挫折、听任自然的人生态度。风雨骤至，寒意袭人，作者却且吟且啸，安步徐行，竹杖芒鞋，轻快无比,走在崎岖的道路上。这不仅是对待自然界风雨袭击的姿态,也是对待社会人生,特别是对待人生挫折(当时作者正被贬谪在黄州)的态度。"莫听"、"何妨"、"谁怕"、"任平生"这些字眼,正鲜明地体现了他广阔的胸襟和倔强的性格。联系途中遇雨这么一件小事,披露自己的感受、襟怀、见解和个性,以日常生活小事寄寓具有普遍意义的人生哲理,是这首词在艺术构思和表现上的特点。

江城子　密州出猎〔一〕

老夫聊发少年狂,左牵黄,右擎苍。〔二〕锦帽貂裘,〔三〕千骑卷平冈。〔四〕为报倾城随太守,〔五〕亲射虎,看孙郎。〔六〕　酒酣胸胆尚开张,〔七〕鬓微霜,又何妨!〔八〕持节云中,何日遣冯唐?〔九〕会挽雕弓如满月,〔十〕西北望,射天狼。〔十一〕

■ 注释

〔一〕这首词作于宋神宗熙宁八年(1075)十月,当时作者任密州(今山东诸城)知州。

〔二〕老夫:作者自称。聊:姑且的意思。左牵黄:左手牵着黄狗。右擎(qíng)苍:右手托着苍鹰。古人打猎时常常驾鹰牵狗,鹰和狗可以追逐猎物。

〔三〕锦帽貂裘:戴着锦帽,穿着貂皮袄。

〔四〕卷:飞驰而过,如疾风卷落叶般。平冈:平坦的山冈。以上五句描写出猎时精神抖擞,气概豪迈,声威俱壮的热闹场面。

〔五〕报:答谢、酬报。倾城:全城、满城。太守:作者自己。太守原是战国时期对郡守的尊称。苏轼当时任密州知州,其职位相当于太守。这句说,为了酬答全城的人都随我去看打猎的盛意。

〔六〕亲:亲手。孙郎:指孙权。孙权曾经亲自骑马在凌(chēng)亭(在今江苏丹阳东)射虎。这里作者以孙权自比,以示自己勇武胆壮,有所作为。

〔七〕酒酣:酒意正浓。胸胆尚开张:胸怀开阔,胆气极壮,豪兴正发。

〔八〕鬓微霜:两鬓微见花白。

〔九〕持节:持着符节。符节,古代使者所执,用作凭证。云中:汉代郡名,治所在今内蒙古托克托东北。冯唐:汉文帝刘恒时的一个年老的郎官。据《汉书·冯唐传》记载,当时云中郡太守魏尚打败匈奴后,向朝廷报功,但因所报杀敌数字与实际情况有出入而被撤职。冯唐直言劝谏汉文帝刘恒不要因为小过失而罢免有功之臣,文帝便派遣冯唐"持节"去赦免魏尚,使其复任云中太守。苏轼在这里以魏尚自比,以古喻今,希望自己能够得到朝廷的信任和重用,以为国效力疆场。

〔十〕会:将要,定会。挽:拉。雕弓:有彩绘的弓。如满月:把弓拉成满月形。

〔十一〕西北望:望西北。天狼:星名,即狼星。古代用以代表贪残侵掠,这里代指宋代西北边境的侵略者辽和西夏统治者。

■ 简评

这首别开生面的词通过对出猎场面的描写,抒发了作者渴望投身疆场,抗敌御侮,建功立业的豪情壮志。词的上片描绘围猎的壮阔场面,下片抒发由打猎激发起来的激昂之气。全词感情奔放,粗犷豪壮,具有动人心魄的阳刚之美。

浣溪沙

游蕲水清泉寺,〔一〕寺临兰溪,溪水西流。

山下兰芽短浸溪,〔二〕松间沙路净无泥,萧萧暮雨子规啼。〔三〕 谁道人生无再少,〔四〕门前流水尚能西!〔五〕休将白发唱黄鸡。〔六〕

■ 注释

〔一〕蕲(qí)水:即今湖北蕲水县。清泉寺:在蕲水城外二里处,靠近兰溪。兰溪源出箬(ruò)竹山,其侧多兰,故名。

〔二〕浸:泡在水中。这一句说,山下溪中的兰草刚长出不久,嫩芽还浸在水中。

〔三〕萧萧:同"潇潇",细雨绵绵的样子。子规:即杜鹃鸟,传说是由古代蜀帝杜宇的魂变成的,叫声凄厉。

〔四〕谁道:谁说。无再少:不能再年轻。少,年轻。

〔五〕门前流水尚能西:河水一般向东流,但兰溪水向西流,作者由此引发出:溪水尚能西流,人就不能再年轻吗?

〔六〕休将,不要。白发:指老年。黄鸡:语出白居易《醉歌示妓人商玲珑》诗:"谁道使君不解歌,听唱黄鸡与白日。黄鸡催晓丑时鸣,白日催年酉时没。腰间红绶系未稳,镜里朱颜看已失。"诗的意思是:黄鸡催晓,白日催年,人生易老。苏轼在这里反其意而用之,意思是说不要因为年老而唱起那种"黄鸡催晓"、人生易老的悲观调子。

■ 简评

这首词作于宋神宗元丰五年(1082)三月苏轼贬官黄州期

间。古人有"花有重开日，人无再少年"的说法，当然是对的。但是，年龄的增长并不意味着意志的衰退，年老了照样可以振作精神、奋发有为，如少年人一样。苏轼在词中所要表达的正是这点。他从兰溪西流这一自然现象悟出：溪水尚能西流，人就不可以再年轻吗？所以不应感慨人生易老、朱颜易失，而应乐观奋发，永远对人生充满信心。词的上片以明朗的笔触描绘秀丽的春景，富有诗情画意。

蝶恋花

　　花褪残红青杏小。〔一〕燕子飞时，绿水人家绕。枝上柳绵吹又少，〔二〕天涯何处无芳草。〔三〕　　墙里秋千墙外道。墙外行人，墙里佳人笑。笑渐不闻声渐悄，〔四〕多情却被无情恼。〔五〕

■ 注释

　　〔一〕花褪残红：花瓣凋落。

　　〔二〕柳绵：柳絮。

　　〔三〕天涯：天边。芳草一望无际，意指花谢草长，春天即将过去。

　　〔四〕这句的意思是说墙外的行人渐渐听不到墙内荡秋千的女子的说笑声了。

　　〔五〕多情：指墙外行人。无情：指墙内女子。墙内女子玩耍嬉笑，墙外行人自作多情，引起烦恼。

■ 简评

　　这首词有既伤春、又伤情的两层内容。词的上片抒写伤春之情，词人通过对晚春景物的描写，表现了对春光消逝的无限惋惜，无限怅惘。下片抒写失意之情，而这种失意之情，又与作者的人生、仕途等方面的遭遇密切相关。其中的"行人"、"佳人"都是比喻性词语。苏轼的词以豪放见称，但是他也有婉柔的一面，并非只会一味作"大江东去"式的豪壮语，本词"枝上柳绵吹又少，天涯何处无芳草"句，即体现了他词风的另一方面。

李之仪（一首）

李之仪（生卒年不详），字端叔，自号姑溪居士，沧州无棣（今山东德州）人。宋神宗时进士，曾从苏轼于定州幕府，又曾任枢密院编修官。徽宗初提举河东常平，不久因文章获罪，被贬到太平州（今安徽当涂）。能文章，尤工尺牍，有《姑溪居士文集》。词以小令见长，存词八十余首，集名《姑溪词》。

卜算子

我住长江头，君住长江尾。〔一〕日日思君不见君，共饮长江水。　此水几时休？〔二〕此恨何时已？〔三〕只愿君心似我心，定不负相思意。

■ 注释

〔一〕这里的"长江"并非实指地理上的长江，而是说男女双方居住的地方一在上游，一在下游，相隔甚远。

〔二〕几时：何时。

〔三〕已：消。

■ **简评**

　　这首词以第一人称的口气，表现了一位痴情女子对爱情的忠贞不渝。全词构思巧妙，语言清新，感情真挚，富有民歌风味。

黄庭坚（三首）

黄庭坚（1045—1105），字鲁直，自号山谷道人，又号涪翁，洪州分宁（今江西修水）人。英宗治平四年（1067）进士，历任叶县尉、校书郎、《神宗实录》检讨官、国史编修官等。哲宗绍圣元年（1094），章惇、蔡卞等以修《神宗实录》不实为罪名，把他贬为涪州（今四川涪陵）别驾，安置黔州（今四川彭水）。宋徽宗时一度复职，复因文字触忌被贬逐到宜州（今广西宜山），死于贬所。早年以诗文受知于苏轼，与张耒、晁补之、秦观并称"苏门四学士"。又与苏轼并称"苏黄"。颇负词名，与秦观齐名，并称"秦黄"。有《山谷全集》、《豫章先生文集》。存词一百八十余首，词集名《山谷词》，又名《山谷琴趣外编》。

念奴娇

八月十七日，同诸甥步自永安城楼，〔一〕过张宽夫园待月。〔二〕偶有名酒，因以金荷酌众客。〔三〕客有孙彦立，善吹笛。援笔作乐府长短句，文不加点。〔四〕

断虹霁雨，〔五〕净秋空，山染修眉新绿。〔六〕桂影扶疏，谁便道、今夕清辉不足？〔七〕万里青天，姮娥何处，驾此一轮玉？〔八〕寒光零乱，为谁偏照醽醁？〔九〕　　年少从我追游，晚凉幽径，绕张园森木。〔十〕共倒金荷家万里，难得尊前相属。〔十一〕老子平生，江南江北，最爱临风笛。〔十二〕孙郎微笑，坐来声喷霜竹。〔十三〕

■ 注释

〔一〕永安：即白帝城，在今重庆市奉节县西。

〔二〕张宽夫：作者的朋友，生平不详。

〔三〕金荷：金制的莲花杯。酌众客：招待众客人饮酒。

〔四〕援笔：提笔。乐府长短句：即词。文不加点：写得很快，一挥而就，来不及圈点断句。

〔五〕断虹：彩虹被云所掩，半隐半现。霁（jì）雨：雨后初晴。

〔六〕净秋空：明净的秋空。修眉：长眉。这两句说：雨后的秋空格外清新明洁，山峰变成了青黛色，如同美人的眉峰一般。

〔七〕桂影：传说月宫中有桂树，高五百丈，月亮上的斑驳暗影就是这桂树的影子。扶疏：形容枝叶繁茂。这三句的意思是月亮虽有阴影（因为已经是八月十七日了），但谁又能说今晚月光不是一片清亮呢？

〔八〕姮娥：即嫦娥，传说中的月宫仙女，原是后羿之妻，因偷吃了后羿从西王母处要来的不死之药，飞升月宫而成仙。一轮玉：代指月亮。这三句写：寥廓的万里晴空中，美丽而寂寞的嫦娥究竟在哪里驾着这一轮明月在运行呢？

〔九〕寒光：指秋夜的月光。醽醁（línglù）：代指美酒。据《荆州记》记载，酃湖（在湖南衡阳东）及渌水（在江西万载东）之水，异常甘美，取以酿酒，名酃渌酒，或称醽醁酒。

〔十〕年少：少年人，即作者的外甥们。幽径：深入的小径。张园：指张宽夫的园子。森木：茂盛的树木。

〔十一〕倒金荷：把酒倒入荷叶状的金酒杯中。尊前：酒樽之前。属（zhǔ）：劝酒。这三句说：远离家乡千万里，难得大家在此相聚，因此要开怀畅饮。

〔十二〕老子：作者自称。临风笛：临风飞扬的刚健笛音。

〔十三〕孙郎：指善于吹笛的孙彦立。坐来：顿时、立刻，系唐宋时的口语。声：指笛声。喷：喷发。霜竹：代指笛子。

■ 简评

这首词虽然是在作者被贬谪、身处蛮荒之地的情况下写的，但笔力雄健，风格豪迈，情调昂扬，勃发着一股傲岸不羁之气。作者饱经政治风雨摧折，但能以旷达而倔强的胸襟来抵御人生的磨难，对人生永远持有乐观的信念，这首词正是作者这种傲岸胸怀的充分展示。

水调歌头　游览

瑶草一何碧，〔一〕春入武陵溪。〔二〕溪上桃花无数，花上有黄鹂。〔三〕我欲穿花寻路，直入白云深处，浩气展虹霓。〔四〕只恐花深里，红露湿人衣。〔五〕　坐玉石，倚玉枕，拂金徽。〔六〕谪仙何处？无人伴我白螺杯。〔七〕我为灵芝仙草，不为朱唇丹脸，长啸亦何为！〔八〕醉舞下山去，明月逐人归。〔九〕

■ 注释

〔一〕瑶草：仙草，这里指山中的香草。一何：何其，多么。

〔二〕武陵溪：陶渊明《桃花源记》中所描写的世外桃源，但这里并非实指，而是用来比喻作者所游之溪山。

〔三〕溪上：溪畔。

〔四〕浩气：豪迈之气。展：相接。虹霓：天空里的彩虹。

〔五〕红露：花上的露水。

〔六〕玉石：这里指白色的石头。倚玉枕：斜倚在白石上。拂金徽：手弹琴弦。金徽，金饰的琴徽（用来定琴音高低的），这里代指琴。

〔七〕谪仙：指唐代诗人李白。白螺杯：用白色螺壳制成的酒杯。

〔八〕这三句的大意是，我只是为了来寻找这种世外桃源式的净土，而并非是为了侥幸得遇仙女，也不为学孙登长啸。其中暗用了刘晨、阮肇入天台山遇仙女和孙登在苏门山长啸的典故。

〔九〕结尾这两句化用了李白《下终南山过斛斯山人宿置酒》"暮从碧山下，山月随人归"诗句，生动地写出了作者的醉态，而"逐"字则将月亮拟人化。

■ 简评

　　这首词记作者的一次春游。在词中作者把所到之处的自然风景描写得那么纯净美好，那么生机勃勃，那么富有灵气。而陶醉在这大自然怀抱中的作者自己又那么高洁超逸，不落凡俗，那么富有仙风道骨。作者的这种与山水心心相印、物我无间的默契，正说明了他孤芳自赏、不愿媚世以求荣的人生态度。他要通过把自己投身于大自然的怀抱之中而忘掉那些世俗的烦恼与忧虑。

清平乐

　　春归何处？寂寞无行路。〔一〕若有人知春去处，唤取归来同住。〔二〕　　春无踪迹谁知？除非问取黄鹂。〔三〕百啭无人能解，因风飞过蔷薇。〔四〕

■ 注释

〔一〕这两句是说，春天回到哪里去了？因为它没有留下行踪，所以再也无法寻觅。

〔二〕唤取：唤来。

〔三〕黄鹂：鸟名，又叫黄莺、黄鸟。问取：问。这两句说，春天一去无踪迹，有谁能知道它去到什么地方呢？既然无人能知，那就只好去问黄鹂鸟了，它应该知道春天的踪迹。

〔四〕百啭：形容黄鹂婉转的鸣叫声。解：理解，懂得。因风：随风。这两句说，黄鹂鸟婉转鸣叫，殷勤地告诉了春天的去处，但人是听不懂的。它只好无可奈何地随风飞过蔷薇花，远远地飞去了。

■ 简评

这首词表现了作者惜春、恋春的美好情怀。作者以细腻清新的笔触，通过一连串奇妙的想象，把自己对春天的依恋之情，以及寻觅春天的急切心情，表达得淋漓尽致。词的意境典雅优美，韵味悠长，没有一般惜春词伤感、消沉的情调。

秦观（四首）

秦观（1049—1100），字少游，又字太虚，号淮海居士，扬州高邮（今江苏高邮）人。神宗元丰八年（1085）进士。曾任太学博士、秘书省正字、国史院编修官。绍圣元年（1094）受苏轼牵连，贬监处州酒税，继又贬郴州、雷州等地。元符三年（1100）赦还，途经藤州时去世。为"苏门四学士"之一。颇负词名，内容多为歌咏男女爱情及抒发个人愁怨，艺术成就较高。有《淮海词》，或称《淮海居士长短句》。

鹊桥仙

纤云弄巧，〔一〕飞星传恨，〔二〕银汉迢迢暗度。〔三〕金风玉露一相逢，便胜却人间无数。〔四〕 柔情似水，佳期如梦，〔五〕忍顾鹊桥归路。〔六〕两情若是久长时，又岂在朝朝暮暮。〔七〕

■ 注释

〔一〕纤云弄巧：缕缕云彩编组成种种细巧的花样。

〔二〕飞星：指牵牛、织女二星。牵牛星又称牛郎星。传恨：被天河阻隔的牛郎、织女因终年不得相会而流露出离愁别恨。

〔三〕银汉：银河，即天河。迢迢（tiáotiáo）：遥远。这句说，牛郎和织女渡过辽阔的天河相会在一起。

〔四〕金风：秋风。秋天在五行中属金，故秋风又称金风。玉露：晶莹如玉的露珠，指秋露。这两句说，虽然牛郎和织女每年只能在七月七日相会一次，但是却胜过人间夫妻的不相离。

〔五〕柔情似水：作者想象牛郎织女相会在一起时情意绵绵的情形。佳期如梦：佳会之时如在梦中。

〔六〕忍顾：不忍心回头看。鹊桥：古代民间传说每年七月七日，喜鹊在天河上搭成长桥，供牛郎、织女过河相会。这句说，匆匆相会，转眼又要分别，多么不忍踏上归路。

〔七〕两情：两人之间的爱情。朝朝暮暮：这里指日夜相聚。

■ 简评

这首词借牛郎织女七夕鹊桥相会的民间故事，歌颂了坚贞不渝的爱情。这是作者在七夕之夜仰观星空时的所见、所思。词的最后两句是题旨之所在，作者认为：爱情贵在持久，而不必非要朝夕相伴，如牛郎、织女每年只能相逢一次，时间虽短暂，但彼此更能珍惜在一起的时光，因此感情也更加强烈。

满庭芳

山抹微云，天粘衰草，〔一〕画角声断谯门。〔二〕暂停征棹，〔三〕聊共引离尊。〔四〕多少蓬莱旧事，〔五〕空回首、烟霭纷纷。〔六〕斜阳外，寒鸦万点，流水绕孤村。〔七〕　　销魂，〔八〕当此际，香囊暗解，〔九〕罗带轻分。〔十〕谩赢得青楼，薄幸名存。〔十一〕此去何时见也？襟袖上、空惹啼痕。〔十二〕伤情处，高城望断，灯火已黄昏。〔十三〕

■ 注释

〔一〕抹：涂抹。这两句说，薄云笼罩着山头，像是被涂抹上去一样；枯草一望无际，好似和远天粘连在一起。

〔二〕画角：军中号角。谯门：城上瞭望之楼，又叫谯楼。以上三句点明天色渐暗，已近黄昏。

〔三〕征棹：行船。

〔四〕引离尊：举杯劝饮离别酒。引，持，举。尊，酒器。

〔五〕蓬莱：传说中的海上仙山。这里指作者在会稽客游时住过的一处名叫蓬莱阁的客馆。旧事：这里指住蓬莱阁时发生的一段男欢女爱的快乐往事。

〔六〕烟霭：指云气。纷纷：这里形容烟雾迷蒙。

〔七〕寒鸦万点两句：这两句系套用隋炀帝杨广诗句："寒鸦千万点，流水绕孤村。"

〔八〕销魂：形容因极度悲伤或非常快乐而心神恍惚的情形。

〔九〕香囊：内装香料的小袋，古代男子有佩戴香囊的风尚。香囊暗解意谓暗地里解下香囊赠予对方作为临别的纪念品。

〔十〕罗带：丝织的带子。轻分：轻轻解下。古人常解带相赠，以为留念，甚至在罗带上打"同心结"，以示永不变心。

〔十一〕谩：空，徒然。青楼：妓女、歌女所住的地方。薄幸：薄情。此句用杜牧《遣怀》诗"十年一觉扬州梦，赢得青楼薄幸名"意。

〔十二〕啼痕：泪痕。

〔十三〕高城望断二句：意思为回望意中人所在的高城，已消失于一片黄昏的灯火之中。唐代欧阳詹《初发太原途中寄太原所思》诗："高城已不见，况复城中人。"两处意思相近。

■ 简评

　　这首词是秦观为他所眷恋的一位歌妓而作。虽主要是写艳情，但亦寓有作者一定的身世之感，"谩赢得青楼，薄幸名存"一句就抒发了因举业不顺而产生的人生感慨。词中通过描绘秋日黄昏景象来衬托和渲染离别之情，颇能传神达意。开头"抹"、"粘"二字的选用，颇显作者炼字锻句的功夫。"斜阳外，寒鸦万点，流水绕孤村"三句颇为传诵，被誉为"天生好言语"。

踏莎行〔一〕

　　雾失楼台，〔二〕月迷津渡，〔三〕桃源望断无寻处。〔四〕可堪孤馆闭春寒，〔五〕杜鹃声里斜阳暮。〔六〕　　驿寄梅花，〔七〕鱼传尺素，〔八〕砌成此恨无重数。〔九〕郴江幸自绕郴山，为谁流下潇湘去。〔十〕

■ 注释

　　〔一〕这首词是秦观被贬到郴州（治所在今湖南郴县）的次年所作。

　　〔二〕雾失楼台：楼台被浓雾遮蔽而消失不见。

　　〔三〕月迷津渡：月色朦胧，看不清渡口。以上两句写春夜迷蒙的景色，同时也反映出作者贬谪后内心的苦闷。

　　〔四〕桃源：桃花源，是晋代诗人陶渊明在《桃花源记》中虚构的世外乐园。望断：极目远望。

　　〔五〕可堪：那堪、经受不住。孤馆闭春寒：孤寂的客馆一片清寒。

　　〔六〕杜鹃声里斜阳暮：夕阳西下，杜鹃鸟的凄厉叫声阵阵传来。

103

杜鹃鸟的叫声听起来像是说"不如归去"，故容易引起远离故乡之人的思归之情。

〔七〕驿寄梅花：这句用陆凯寄赠梅花典故。南朝宋陆凯与范晔是好朋友，陆凯从江南给在长安的范晔寄去一枝梅花，并且赠诗一首："折梅逢驿使，寄与陇头人。江南无所有，聊赠一枝春。"这里指朋友对自己的寄赠和安慰。

〔八〕鱼传尺素：尺素，书信。古人书写用素绢，通常为一尺大小，叫作"尺素"。"鱼传尺素"语出古乐府诗《饮马长城窟行》："客从远方来，遗（wèi，赠予之意）我双鲤鱼，呼儿烹鲤鱼，中有尺素书。"这里指亲友的书信。

〔九〕砌：堆积。无重数：数不尽。以上三句说，远方亲友们的关怀和安慰反而更增加了自己的重重愁恨。

〔十〕郴江：江水名，源出郴州东面的黄岑山，流经郴州，下流与耒水、白豹水汇合，流入湘江。郴州在郴江西岸。幸自：本自。为谁：为什么。潇湘：见刘禹锡《潇湘神》注〔三〕。这两句说，郴江本来是环绕着郴山流的，为什么又要离开郴山而流向潇湘呢？这里，作者以郴江流出郴山远注湘江比喻自己远谪他乡。

■ 简评

这首词抒发了作者贬居异地，身处荒凉，思乡怀归的孤愤心情。秦观一生多经挫折，因朝廷内部政治斗争而屡遭贬逐，这首词就是他在绍圣四年（1097）贬居郴州时所作。词的上片通过写景传达了作者的客旅愁思和命运感慨，下片诉说了自身不幸和相思情怀，笔调凄婉，思致深远，有极高的艺术造诣。

行香子

　　树绕村庄,水满陂塘。倚东风,豪兴徜徉。〔一〕小园几许,收尽春光。有桃花红,李花白,菜花黄。〔二〕　远远围墙,隐隐茅堂。〔三〕飏青旗,流水桥傍。〔四〕偶然乘兴,步过东冈。〔五〕正莺儿啼,燕儿舞,蝶儿忙。

■ 注释

　　〔一〕徜徉(chángyáng):徘徊,游荡。以上四句说,绿树环绕着村庄,池塘涨满了水;和煦的东风吹拂着人身,我兴致勃勃地走来走去。

　　〔二〕几许:多少。以上五句说,小小的园子里,盛开着红色的桃花、白色的李花、黄色的菜花,春色尽收园中。

　　〔三〕茅堂:茅屋。以上两句说,远处一道围墙,墙内的茅草屋隐隐可见。

　　〔四〕飏:同"扬",飘扬。青旗:过去酒店门口挂的青色酒旗。这两句说,小桥流水旁边有座酒店,门口挂着的青色酒旗在春风里飘扬。

　　〔五〕乘兴:趁着一时高兴。东冈:东边的小山头。这两句连同下三句说,偶尔,趁着一时的兴致,缓步走上东边的小山冈,那里春意浓烈:莺儿正在娇啼,燕子来回飞舞,蝴蝶探花忙匆匆。

■ 简评

　　这首词以白描的笔法和自然浅近的语言,描绘出一幅百花争艳、莺歌燕舞的田园春色图画,表现出了春天的勃勃生机,字里行间洋溢着喜悦和轻快的情味。

贺铸（三首）

贺铸（1052—1125），字方回，号庆湖遗老。祖籍山阴（今浙江绍兴），生长于卫州共城（今河南辉州），是北宋王室的外戚。十七岁到汴京，做右班殿直（相当于侍卫），后调到地方上担任武职。四十岁时转为文职，曾任泗州（今江苏盱眙东北）、太平州（今安徽当涂）等地通判。晚年退居苏州横塘。才兼文武，但由于秉性刚直，终生屈处下僚。有诗集《庆湖遗老集》和词集《东山寓声乐府》。

六州歌头

少年侠气，交结五都雄。〔一〕肝胆洞，毛发耸。〔二〕立谈中，死生同，一诺千金重。〔三〕推翘勇，〔四〕矜豪纵。〔五〕轻盖拥，〔六〕联飞鞚，〔七〕斗城东。〔八〕轰饮酒垆，春色浮寒瓮，吸海垂虹。〔九〕间呼鹰嗾犬，〔十〕白羽摘雕弓，〔十一〕狡穴俄空。〔十二〕乐匆匆。〔十三〕似黄粱梦，辞丹凤。〔十四〕明月共，漾孤篷。〔十五〕官冗从，〔十六〕怀倥偬，〔十七〕落尘笼，〔十八〕簿书丛。〔十九〕鹖弁如云众，供粗用，忽奇功。〔二十〕笳鼓动，渔阳弄，〔二十一〕思悲翁。〔二十二〕不请长缨，

系取天骄种，剑吼西风。〔二十三〕恨登山临水，手寄七弦桐，目送归鸿。〔二十四〕

■ 注释

〔一〕五都：汉代以首都长安以外的五个大都市即洛阳、邯郸、临淄、宛、成都为五都。唐代以长安、洛阳、凤翔、江陵、太原为五都。这里泛指北宋的各大城市。

〔二〕肝胆洞：肝胆照人，形容待人极其真诚。洞，明澈可见之意。毛发耸：表示富有血性，正义感强，敢于打抱不平。

〔三〕立谈中三句：相识很短暂，便可以成为生死之交，而且说话极讲信用，答允了的事绝不反悔。

〔四〕推翘勇：推崇的是出众的勇敢。翘，突出之意。

〔五〕矜豪纵：以豪放不羁而自负。

〔六〕轻盖：代指轻车。这句是说外出时车马随从很多。

〔七〕联飞鞚（kòng）：结伴骑马出游。飞鞚，代指快马。鞚，有嚼口的马络头。

〔八〕斗城：汉代首都长安的别称，因其城南为南斗形，城北为北斗形而得名。这里代指北宋首都汴京。

〔九〕轰饮酒垆：在酒店里狂饮。春色浮寒瓮：酒坛子呈现出一片春色，芳香袭人。吸海垂虹：像长鲸那么大喝，像垂虹那么深饮，形容饮酒的海量和狂态。

〔十〕间：间或。呼鹰嗾（sǒu）犬：意指带着鹰犬到野外去打猎。嗾，唤狗的声音。

〔十一〕白羽摘雕弓：意为弯弓射箭。白羽，箭名。雕弓，弓背上雕花的弓。

〔十二〕狡穴：本意指狡兔的巢穴，这里泛指兽穴。俄：一会儿。

〔十三〕这一句含意双重，一是兴高采烈地及时行乐；一是欢乐短促，很快就逝去了。

107

〔十四〕黄粱梦：唐代沈既济《枕中记》载：卢生在邯郸（在今河北）客店中遇道士吕翁给一枕头，白天枕着睡觉，梦中享尽荣华富贵直至老死，梦醒后店主人蒸的黄粱还没有熟。这个故事后来被人称为黄粱梦。辞丹凤：离开京城。丹凤，唐代长安城有丹凤门，一般用来代指京城。

〔十五〕这两句说，离开京城到外地供职，独自乘着小舟在水上漂荡，唯有明月做伴。

〔十六〕官冗从：做的是闲散卑微的随从官，指作者离开汴京在外地担任不重要的闲职。

〔十七〕怀悾偬（kǒngzǒng）：匆忙焦急。

〔十八〕落尘笼：意指为尘俗事务所束缚。

〔十九〕簿书丛：指劳碌于案牍文书堆里。簿书，官署中的文书。

〔二十〕鹖弁（hébiàn）：本意指插有鹖鸟羽毛的武士冠，这里代指武官。云众：形容很多。

〔二十一〕笳鼓：俱为军乐器。渔阳弄：鼓曲名，又叫渔阳参挝。这两句化用白居易《长恨歌》中"渔阳鼙鼓动地来，惊破霓裳羽衣曲"的诗句，借安禄山拥兵渔阳（郡名，在今河北蓟县一带）叛乱事，喻指宋朝北方受到侵扰。

〔二十二〕思悲翁：本为武曲名，即汉乐府《铙歌》中之《思悲翁》，但作者在这里取其字面意思，自伤衰老。悲翁，作者自况。

〔二十三〕请长缨：请求杀敌报国。据《汉书·终军传》记载，汉武帝时终军出使南越（今广东、广西及湖南南部一带），临行前向汉武帝要一条长缨，即长绳索，表示一定要把南越王拴回来。因此，后来就称请求参军上阵为请缨。系取：拴住牵回来。天骄种：本指胡人，《汉书·匈奴传》记，匈奴王在写给汉朝皇帝的信上说："南有大汉，北有强胡。胡者，天之骄子也。"这里泛指边境少数民族。这三句说，由于朝廷不用自己，不能为国抗敌御侮，连宝剑也打抱不平，在西风中怒吼起来。

〔二十四〕手寄七弦桐：以弹琴来寄托自己的悲愤。七弦桐，即七弦琴，桐木为制琴的最佳材料，故以代指琴。目送归鸿：语出嵇康《赠秀才入军》诗："目送归鸿，手挥五弦。"这三句说，可恨自己没有机会上疆场报国，只能游山玩水，以弹琴来宣泄一腔悲愤。

■ 简评

这首自叙词，上片写少年时期如何意气风发，豪情满怀，交结豪侠，重然诺，轻死生，使酒任性，走马射猎，回忆了当时豪放不羁的生活。下片写离开京城后，仕途失意，任职卑微，忙于琐屑的事务性工作，得不到请缨杀敌的机会，空有雄心壮志而报国无门，当年的欢乐和豪气一去不返。全词音调激越，笔力雄健，慷慨豪迈，是一首以报国御侮为主题的壮歌。

青玉案

凌波不过横塘路，〔一〕但目送、芳尘去。〔二〕锦瑟年华谁与度？〔三〕月台花榭，琐窗朱户，只有春知处。〔四〕　碧云冉冉蘅皋暮，〔五〕彩笔新题断肠句。〔六〕试问闲愁都几许？〔七〕一川烟草，满城风絮，梅子黄时雨。〔八〕

■ 注释

〔一〕凌波：形容女子步履轻盈。语出曹植《洛神赋》："凌波微步，罗袜生尘。"横塘：地名，在苏州胥门外，贺铸在此建有住所。

〔二〕芳尘：女子经过时拂起的尘土，这里借指该女子。以上三句写路遇一美女，只见她姗姗而去，没有到自己所在的横塘这边来。

109

〔三〕锦瑟年华：指青春年华。语出李商隐《无题》诗："锦瑟无端五十弦，一弦一柱思华年。"谁与度：与谁度过。

〔四〕月台：观月平台。花榭（xiè）：花木环绕的厅堂。榭，台上之屋。琐窗：雕刻着连琐纹的窗子。朱户：朱红色大门。以上三句是猜想该女子的住处。

〔五〕冉冉：形容彩云慢慢地流动。蘅皋：长满花草的水边高地。蘅，香草名。

〔六〕彩笔：《南史·江淹传》：齐梁作家江淹才华出众，以文章闻名天下。后梦见郭璞向他讨还一支五色笔，江淹从怀中取出五色笔还给了郭璞，从此才思枯竭，再也写不出从前那样好的诗了，人称"江郎才尽"。"彩笔"之典由此传说而来。

〔七〕都几许：共有多少。

〔八〕一川：满地。风絮：随风飘舞的柳絮。梅子黄时雨：旧历四五月间多连阴雨，是时正值梅子成熟季节，故称"梅雨"或"梅黄雨"。以上三句通过描写景物来比喻"闲愁"漫无边际。

■ 简评

这首词是贺铸寓居苏州时所写，主旨是抒发梅雨季节幽居生活中的苦闷情绪，这种情绪系因功业未立和处境坎坷而来。作者所要表达的"闲愁"与所描写的景物融而为一，体现了极高的艺术造诣。结尾三句以景寓情，迷惘一片，是贺铸的名句，历来极受赞誉，因此当时人又称贺铸为"贺梅子"。

捣练子[一]

砧面莹,杵声齐。[二]捣就征衣泪墨题。[三]寄到玉关应万里,戍人犹在玉关西。[四]

■ 注释

〔一〕贺铸的《捣练子》共六首,第一首残缺不全,这里选的是第三首。

〔二〕砧(zhēn):石砧。古代的纺织品一般都比较粗硬,制成衣服前需要用木杵在石砧上反复捶捣,使之柔软。莹:光滑。杵(chǔ):捶衣用的木槌。

〔三〕捣就:捣成。征衣:守边战士穿的衣服。泪墨题:用泪水研墨,在衣服包裹上写上亲人的名字。

〔四〕玉关:即玉门关,在今甘肃敦煌附近,北宋时属西夏。这里借指西北边防要塞。戍人:戍守边关的军人。

■ 简评

这首词通过描写一位妇女为她戍边的丈夫准备征衣这一情景,对长年戍边的征夫和苦苦思念的家属表示了深深的同情。本词在写作时有意继承了民间曲子词的艺术表现特点,因此特别具有民歌情味。

周邦彦（二首）

周邦彦（1057—1121），字美成，号清真居士，钱塘（今浙江杭州）人。早年落拓不羁，神宗元丰初年献《汴都赋》万余言，被擢为太学正。此后一直在京师及各地担任官职，死于南京（今河南商丘）。曾任"大晟府"（音乐机关）提举官，负责谱制词曲，供奉朝廷。为北宋末期重要词人，内容多写男女之情和离情别绪，风格浑厚和雅，是婉约派词艺术的集大成者。词集名《清真词》，又名《片玉集》。

苏幕遮

燎沉香，消溽暑。〔一〕鸟雀呼晴，侵晓窥檐语。〔二〕叶上初阳干宿雨，水面清圆，一一风荷举。〔三〕 故乡遥，何日去？家住吴门，久作长安旅。〔四〕五月渔郎相忆否？〔五〕小楫轻舟，梦入芙蓉浦。〔六〕

■ 注释

〔一〕燎（liáo）沉香：烧香。沉香，一种名贵的香味甚浓的熏香。

溽（rù）暑：盛夏潮湿闷热的天气。

〔二〕侵晓：拂晓，天刚亮。这两句说，拂晓之际，雨过天晴，鸟雀在房檐下欢叫，似乎在告诉人们晴朗的早晨清新美丽。

〔三〕初阳：初升的太阳。宿雨：昨夜的雨。水面清圆：指浮在水面上的荷叶清新圆润。风荷举：一阵风吹来，清圆的荷叶舞动不已。

〔四〕吴门：本是对江苏苏州一带的别称，这里指作者的故乡钱塘，因钱塘在古代也属三吴之地。长安：借指北宋都城汴京。

〔五〕渔郎：指故乡的渔夫。这句说，故乡的渔郎还在思念自己吗？实际上更深刻地表达了作者对故乡亲友的思念。

〔六〕楫（jí）：船上的短桨。芙蓉浦：指盛开着荷花的水塘。芙蓉，荷花的别称。这两句写在梦中驾着小船划入荷花塘，以梦境表达强烈的思乡之情。

■ 简评

　　见景怀乡是这首词的主要内容。词的上片写景，下片抒情，段意分明。开头写焚香消暑，给人以"心静自然凉"之感。接着写鸟雀晨噪，生动而有风致。再接着刻画水上碧荷，以及风过处荷叶迎风舞动的绰约姿态，更是传神之笔，深得后人赞赏。尤其是写梦回故乡，带出了思忆中的江南风光，也是精彩的一笔。这首词的思想境界高超，风格典雅，表现了作者超凡脱俗的艺术情怀。

满庭芳　夏日溧水无想山作〔一〕

　　风老莺雏，〔二〕雨肥梅子，〔三〕午阴嘉树清圆。〔四〕地卑山近，衣润费炉烟。〔五〕人静乌鸢自乐，〔六〕小桥外、新绿溅溅。〔七〕凭栏久,黄芦苦竹,拟泛九江船。〔八〕　年年,如社燕,〔九〕飘流瀚海,〔十〕来寄修椽。〔十一〕且莫思身外,〔十二〕长近尊前。〔十三〕憔悴江南倦客,〔十四〕不堪听、急管繁弦。〔十五〕歌筵畔,〔十六〕先安簟枕,〔十七〕容我醉时眠。

■ 注释

〔一〕溧水:县名,在今江苏省。

〔二〕风老莺雏:幼莺在暖风中长大了。

〔三〕雨肥梅子:梅子在雨水的滋润下长得肥硕了。

〔四〕嘉树:树之美称。此句承上句来,说正午时候树下形成一片既圆正而又凉意十足的树影。

〔五〕地卑:地势低凹。山近:靠近山峦。衣润:衣服潮湿。这两句说,溧水地势低,靠近山,湿气大,衣服容易受潮,经常要用炉烟来熏烘。

〔六〕鸢(yuān):鹞鹰。

〔七〕新绿:绿水新涨。溅溅:流水声。

〔八〕黄芦,芦苇,生长于湿地或浅水中。苦竹:禾本科植物。九江:在今江西省。白居易《琵琶行》:"住近湓江地低湿,黄芦苦竹绕宅生。"词中云"黄芦苦竹"意指溧水"地卑山近"与湓江相似。又白居易曾被贬为九江郡司马,而词中云"拟泛九江船",有欲追踪白居易的意思。以上三句,以白居易贬居江州时的处境和心情自比。

〔九〕社燕:燕子于春天的社日从南方飞来,到秋天的社日又飞回去,所以称为社燕。社:古时春秋祭祀土神的日子。春社在立春后第五戊日,秋社在立秋后第五戊日。

〔十〕瀚海:沙漠。这里泛指边远、荒僻的地区。

〔十一〕修椽(chuán):屋檐处长长的木头椽子,为燕子筑巢的地方。

〔十二〕身外:指功名事业。古人称功名事业为身外之事。

〔十三〕尊:酒杯。

〔十四〕江南倦客：作者自称。倦客，厌倦于在外行旅、做官。

〔十五〕急管繁弦：曲调高亢、繁复的音乐。管指管乐器，弦指弦乐器。

〔十六〕歌筵畔：歌舞筵席边上。

〔十七〕簟（diàn）：竹席。

■ 简评

　　这首词作于作者任溧水县令任上。词中抒发了他对人生的厌倦情绪，而这种情绪的产生，又与作者官职卑小，地处偏僻的处境紧密相关。上片所写夏日生活中的抑郁无聊，下片所写饮酒排遣，对客醉眠，均体现了作者慨叹身世飘零，仕途失意的内心世界。全词写景寓情，笔调含蓄，哀怨蕴藉，吟诵起来有沉郁顿挫之感。

魏夫人（一首）

魏夫人（生卒年不详），名字失传，襄阳（今湖北襄阳）人，魏泰之姊，曾布之妻，封鲁国夫人，时称魏夫人。善填词，存词十四首。

菩萨蛮

溪山掩映斜阳里，楼台影动鸳鸯起。〔一〕隔岸两三家，出墙红杏花。　绿杨堤下路，早晚溪边去。三见柳绵飞，离人犹未归。〔二〕

■ 注释

〔一〕楼台影动：楼台在溪水中的倒影随着水波荡漾。

〔二〕柳绵：柳絮。离人：远出在外的人。

■ 简评

这首词描写一位妇女每天早晚都去溪边盼望远行的亲人归来。词句自然清丽，音节谐婉柔美，吟诵起来十分富有韵味。尤其是景物描写，具有诗情画意，像一幅秀丽的山水春色图。

叶梦得（一首）

叶梦得（1077—1148），字少蕴，号石林居士，吴县（今江苏苏州）人，居乌程（今浙江吴兴）。宋哲宗绍圣四年（1097）进士。宋徽宗时曾任龙图阁直学士。南渡之初，官江东安抚制置大使兼知建康（今江苏南京）府，总四路漕计，积极支持抗金斗争，做出重要贡献。早年词作风格婉丽，晚年词风简淡，多为感怀国事之作，充满雄杰之气。有《石林集》。存《石林词》一卷。

点绛唇　绍兴乙卯登绝顶小亭〔一〕

缥缈危亭，笑谈独在千峰上。〔二〕与谁共赏，万里横烟浪。〔三〕老去情怀，犹作天涯想，〔四〕空惆怅。少年豪放，莫学衰翁样。〔五〕

■ 注释

〔一〕绍兴乙卯登绝顶小亭：宋高宗绍兴五年（1135），叶梦得五十九岁，家住吴兴。这一年，他曾登上卞山（在吴兴西北）之顶游赏。绍兴，宋高宗赵构年号。绝顶，指卞山山顶，它是吴兴地区的最高峰，山顶上有小亭。

〔二〕缥缈危亭：形容小亭高高耸立在云雾缠绕的山巅之上。缥缈，形容隐隐约约，若有若无。

〔三〕万里横烟浪：眼前一片云烟。万里，形容云海的广漠无边。烟浪，烟云如浪，指云海。

〔四〕老去情怀：情怀老去，指因年老而豪情见衰。犹作天涯想：还有万里驰骋，为国立功的念头。

〔五〕衰翁：衰弱的老人。

■ 简评

　　作者站在绝顶之上，纵目远眺，那如烟的云海雾浪激发起了他一腔热情，不禁豪兴大发，想去跃马横戈，驰骋万里，为国建立功勋。可是作者毕竟年老了，豪情壮志不复当年，再加上朝廷的不重用，所以只能空自叹息，惆怅不已。作者寄希望于年轻力壮的少年，勉励他们趁年轻时期而努力报国，不要学他这样的无用老翁。作者对于当时的抗金斗争非常关心，这首词所写正是他爱国主义情怀的一个表现。

朱敦儒（一首）

朱敦儒（1081—1159），字希真，洛阳（今河南洛阳）人。早年隐居，屡征不应。宋高宗绍兴三年（1133）从朋友之劝，始赴临安，对策便殿，赐进士出身，任秘书省正字，擢兵部郎中，迁两浙东路提点刑狱。秦桧当政，任鸿胪少卿，桧死，被废黜。词作多反映遁世隐居生活情趣，亦有一些忧时念乱之作。有《岩壑老人诗文》一卷，不传。词集名《樵歌》，又名《太平樵唱》。

相见欢

金陵城上西楼，倚清秋。万里夕阳垂地、大江流。〔一〕
中原乱，簪缨散，〔二〕几时收？〔三〕试倩悲风吹泪、过扬州。〔四〕

■ **注释**

〔一〕夕阳垂地：夕阳就要落下。大江：长江。这两句是作者倚楼所见之大江；落日景象，苍凉而悲壮。

〔二〕中原乱：指金兵对北宋中原地区的占领。簪缨散：指中原地区沦陷之后，达官贵族们纷纷逃散。簪缨，簪和缨都是古代贵族的帽饰，簪用来把帽子固定在发髻上，缨是帽带，这里用来代指官僚、贵族。

〔三〕几时收：何时收复中原地区。收，恢复。

〔四〕试倩（qiàn）悲风吹泪、过扬州：请悲凉的秋风将我的热泪吹到扬州（今江苏扬州）去。扬州当时是南宋抗金的前线，所以这句表现了作者对前线战事的关切和对抗金军民的关怀。倩，托，请人代替自己做。悲风，悲凉的秋风。

■ 简评

　　金兵入侵，中原沦陷，宋朝徽、钦二帝被俘，朝廷官员、贵族纷纷南渡，国破家亡。作者倚楼远眺，怀念故土，忧伤国事，心情无比悲痛。在这血与火的面前，作者关切前线战事，盼望早日收复中原，对抗金事业抱着殷切的希望，对沦陷区的父老捧上一掬热泪。这首词抒发的正是作者在国难当头时心中的沉痛情感。

李纲（一首）

李纲（1083—1140），字伯纪，邵武（今福建邵武）人。宋徽宗政和二年（1112）进士。北宋末历任太常少卿、兵部侍郎、尚书右丞等。曾刺臂血上书，力主抗金。南宋初，高宗起用为相，在职仅七十五天，又遭贬斥。绍兴二年（1132）起用为观文殿大学士、湖广宣抚使兼知潭州，不久被罢免。绍兴十年卒于福州。著有《论语详说》、《梁溪集》等。有词集《梁溪词》，存词五十多首。

六幺令

次韵和贺方回《金陵怀古》，〔一〕鄱阳席上作。〔二〕

长江千里，烟淡水云阔。歌沉玉树，〔三〕古寺空有疏钟发。〔四〕六代兴亡如梦，〔五〕苒苒惊时月。〔六〕兵戈凌灭，〔七〕豪华销尽，〔八〕几见银蟾自圆缺。〔九〕 潮落潮生波渺，〔十〕江树森如发。〔十一〕谁念迁客归来，老大伤名节。〔十二〕纵使岁寒途远，此志应难夺。〔十三〕高楼谁设，倚阑凝望，独立渔翁满江雪。〔十四〕

■ 注释

〔一〕次韵：和（hè）诗时用原诗的韵作诗。贺方回：即贺铸，方回是他的字，宋代词人。

〔二〕鄱（pó）阳：今江西鄱阳。

〔三〕玉树：指南朝陈后主所创制的《玉树后庭花》乐曲，被认为是亡国之音，参见王安石《桂枝香》注〔十五〕。这句说，歌声沉寂，《玉树后庭花》的乐曲再也听不到了。

〔四〕疏钟：稀疏的钟声。发：传出。

〔五〕六代兴亡：金陵（今江苏南京）称六朝故都，吴、东晋、宋、齐、梁、陈六朝代曾先后在此建都。六代，六朝。

〔六〕苒苒（rǎn）：形容岁月流逝。时月：岁月。这句感慨岁月流逝得太快。

〔七〕兵戈凌灭：当年战争的痕迹早已消失了。兵戈，兵器，这里代指战争。

〔八〕豪华销尽：那些王公权贵之家，也已经豪华销尽。

〔九〕几见：见过了多少回。银蟾：月亮。

〔十〕这句说，大江中潮涨潮落，波涛流逝。

〔十一〕"江树"句：江岸上树木繁茂，密如毛发。

〔十二〕迁客：被贬谪、流放到偏远地区的人。此系作者自指。老大：年纪老大。名节：声誉操守。南宋初年，作者曾接连被贬，因此有对自己身世遭遇的感慨。

〔十三〕岁寒：这里指险恶的环境和严酷的打击。夺：改变原来的志向。

〔十四〕阑：同"栏"。独立渔翁满江雪：系化用柳宗元被贬时所作的《江雪》诗"孤舟蓑笠翁，独钓寒江雪"句子，并用其意。以上三句作者借在风雨中独立不移的渔翁形象，比喻自己坚韧不拔，顽强不屈的斗争精神。

■ 简评

　　李纲是一个坚决主张抗金复国，反对秦桧投降议和的爱国志士。但是，在南宋王朝腐朽统治集团的压抑之下，他备受打击，壮志难酬。这首写于他接连被贬斥之后的词，抒发了作者的一腔爱国豪情，以及郁积在心中的忠愤不平之气。词的上片吊古，下片伤今。作者追怀历史，思考现实，感慨身世，心潮澎湃，时而抑郁低沉，时而激越昂扬，对自身高尚的操节、不渝的信念和不屈不挠的个性做了充分的表白。

李清照（六首）

李清照（1084—1155？），号易安居士，山东济南人，十八岁与太学生、金石学家赵明诚结婚。北宋灭亡之后南渡，丈夫病逝，后半生过着漂泊生活。宋代著名女词人，兼擅诗文。词风清丽、柔婉、深挚，语言清新、灵动、流利。有《漱玉词》传世。

如梦令

常记溪亭日暮，〔一〕沉醉不知归路。兴尽晚回舟，〔二〕误入藕花深处。争渡，争渡，〔三〕惊起一滩鸥鹭。〔四〕

■ 注释

〔一〕溪亭：河边亭阁。

〔二〕兴尽：酒兴过去了。

〔三〕藕花：荷花。争渡：急着将船划出荷花丛的情形，有夺路而归之意。一说可解为怎渡，则有惊慌意，亦通。

〔四〕鸥鹭：两种水鸟名。

■ 简评

　　这首词写作者到溪亭饮酒而醉,以及回家途中的情景。词中对酒后乘舟晚归情景的描写,异常形象、生动。结尾数语,更具妙趣,通过红荷丛中觅路,惊起群群水鸟这一动态画面,间接地刻画出了人物的神态。

如梦令

　　昨夜雨疏风骤,〔一〕浓睡不消残酒。〔二〕试问卷帘人,〔三〕却道海棠依旧。知否?知否?应是绿肥红瘦。〔四〕

■ 注释

　〔一〕雨疏风骤:雨点稀疏,风刮得很大。
　〔二〕浓睡:酣睡。不消残酒:醉意还没有完全消失。
　〔三〕卷帘人:指正在卷帘的侍女。
　〔四〕绿肥红瘦:绿叶繁盛,红花凋残。以上三句承前面侍女道"海棠依旧"而来,纠正侍女的答语,说不是"依旧",而是绿叶多,红花少了。

■ 简评

　　这首词通过女主人公清晨残醉未醒,问侍女一夜风雨过后外面景物情形这一生活场景的描写,极其生动而含蓄地表现了她伤春惜花的心情。其中主仆二人之间的对话,新颖活泼,而又具有鲜明的性格特征,颇耐寻味。李清照早期的词作内容大多与饮酒、惜花有关,反映出她当时悠闲、风雅的生活情调,本词即为其中之一。

一剪梅

红藕香残玉簟秋，[一]轻解罗裳，[二]独上兰舟。[三]云中谁寄锦书来，[四]雁字回时，[五]月满西楼。[六] 花自飘零水自流，[七]一种相思，两处闲愁。[八]此情无计可消除，才下眉头，却上心头。[九]

■ 注释

〔一〕红藕香残：红润的荷花已经凋谢，仅剩下些许残香。玉簟（diàn）秋：从竹席上感到了秋天的凉意。玉簟，竹席子。因竹席清凉光滑，故称之。

〔二〕罗裳：轻软的丝质衣裳。

〔三〕兰舟：船之美称。以上三句写，凉秋季节，在荷花凋谢的水边，与丈夫分别，乘船远行。

〔四〕锦书：古人对书信的美称。

〔五〕雁字：大雁飞行时常排列成"人"字或"一"字，所以称"雁"字。大雁是候鸟，春天北飞，秋天南飞，这里说"雁字回时"，指秋天。

〔六〕月满西楼：月光照满西楼，指夜深人静之时。以上三句设想她在家中盼望丈夫托人带回书信来的情形。

〔七〕"花自"句：花在孤寂地飘零，水在孤寂地流逝。

〔八〕以上两句说，两人相互分离，但都在为同一种思念而愁苦不堪。

〔九〕以上三句说，思念丈夫的感情很深，无法消除，眉头刚刚舒展,却又涌上心头。

■ 简评

　　根据元代人伊世珍《琅嬛记》中的记载,这首词是李清照在婚后不久,丈夫赵明诚要出外求学时,写给丈夫的。词中充满了她对丈夫的一腔真诚、深挚、含蓄的依恋情感,虽然用语浅近,但意蕴深厚,确为表现离愁别情的佳作。

醉花阴

　　薄雾浓云愁永昼,〔一〕瑞脑消金兽。〔二〕佳节又重阳,〔三〕玉枕纱厨,〔四〕半夜凉初透。　东篱把酒黄昏后,〔五〕有暗香盈袖。〔六〕莫道不销魂,帘卷西风,人比黄花瘦。〔七〕

■ 注释

　　〔一〕薄雾浓云:形容天气阴沉。愁永昼:整天在愁。永昼,漫长的白天。
　　〔二〕瑞脑:一种香料,又称龙脑。金兽:兽形铜香炉。这句说,瑞脑香在香炉中慢慢地燃尽。
　　〔三〕重阳:阴历九月九日。这句说重阳佳节又到了。
　　〔四〕玉枕:瓷制枕头。纱厨:用木头做架子的纱帐。
　　〔五〕东篱:语出东晋诗人陶渊明《饮酒》诗:"采菊东篱下,悠然见南山。"后多用来指种菊处,或指称隐居处。
　　〔六〕暗香盈袖:香,指菊花的清香。盈袖,满袖。
　　〔七〕销魂:这里指感伤很深。黄花:菊花。以上三句说,不要说

127

不愁苦、感伤，你瞧，西风吹起帘子，闺中人竟然比庭院中的菊花还要清瘦呢。

■ 简评

　　这首词抒发了作者在秋日里的感伤、凄苦心情。上片以薄雾、浓云、瑞脑、金兽、玉枕、纱厨等意象，渲染出了闺房中空寂、清冷的氛围。下片以菊花、酒、黄昏、暗香、帘、西风等意象，勾勒出了女主人公情感内向、瘦若黄花的形象。结尾三句尤具韵味，传神写照，绝妙至极，历代传咏。

永遇乐

　　落日熔金，〔一〕暮云合璧，〔二〕人在何处。〔三〕染柳烟浓，吹梅笛怨，〔四〕春意知几许。〔五〕元宵佳节，〔六〕融和天气，次第岂无风雨。〔七〕来相召、〔八〕香车宝马，〔九〕谢他酒朋诗侣。〔十〕中州盛日，〔十一〕闺门多暇，〔十二〕记得偏重三五。〔十三〕铺翠冠儿，〔十四〕捻金雪柳，〔十五〕簇带争济楚。〔十六〕如今憔悴，风鬟霜鬓，怕见夜间出去。〔十七〕不如向、帘儿底下，听人笑语。〔十八〕

■ 注释

　　〔一〕落日熔金：落日余晖，金光闪闪，像一泓熔化的金水。

　　〔二〕暮云合璧：黄昏的彩云连成一片，犹如一块完整的美玉。璧，圆形而中间有孔的玉器。

　　〔三〕人在何处：我身在何方？人，作者自指。以上三句通过描写落日、暮云等景物而引起异乡漂泊、孤独无依之慨叹。

〔四〕以上两句说,浓浓的雾气似乎给柳树染上了一层青绿色,笛子吹出的《梅花落》曲子含着哀怨。

〔五〕"春意"句:春意知多少。

〔六〕元宵佳节:农历正月十五为元宵节。

〔七〕次第:转眼。这句隐含慨叹好景不长之意。

〔八〕召:邀请,呼唤。

〔九〕香车宝马:华美的马车。

〔十〕谢:辞谢。酒朋诗侣:一起饮酒作诗的朋友。侣,同伴。

〔十一〕中州:今河南省地域古称中州,这里指北宋首都汴京,即开封。盛日:兴盛、繁华时期。

〔十二〕闺门:指妇女。多暇:多空闲。

〔十三〕"记得"句:记得那时非常看重元宵节。三五,古人有时将月半称为三五,这里指正月十五。

〔十四〕铺翠冠儿:用翡翠的彩色羽毛装饰帽子。铺,装饰。

〔十五〕捻金雪柳:用金线搓成细丝装饰雪柳。雪柳,宋朝妇女头上插戴的绢花或纸花一类的装饰物。

〔十六〕簇带:插戴满头的意思,为宋代俗语。济楚:整齐漂亮。这句意为彼此竞相比美,看谁打扮得最漂亮。以上三句回忆在汴京时元宵节夜晚妇女们节日盛装,观灯游乐的情形。

〔十七〕以上三句说,现在面容憔悴,头发凌乱,两鬓花白,即使是在这元宵佳节夜晚,也懒得出去观灯。怕见,懒得。

〔十八〕以上三句说,还是这样躲在门帘里面,听外面的欢声笑语吧。

■ 简评

这首词是李清照晚年时的作品。这时北宋已亡,李清照寓居江南。词的上片写元宵佳节的热闹景象,然而字里行间却流露出一种黯淡的情绪。下片回忆昔日元宵之夜在首都汴京与女伴们一起观灯的情形,以与今日憔悴衰老,孤苦寂寞的现状相对比,亦表现出作者对故国眷恋不忘的心情。本词以寻常话语入词,自然生动,感染力强,无论是写景还是表情,都非常成功。

声声慢

寻寻觅觅,冷冷清清,凄凄惨惨戚戚。〔一〕乍暖还寒时候,〔二〕最难将息。〔三〕三杯两盏淡酒,怎敌他、晚来风急!雁过也,正伤心,却是旧时相识。〔四〕 满地黄花堆积,憔悴损,如今有谁堪摘?〔五〕守着窗儿,独自怎生得黑!〔六〕梧桐更兼细雨,到黄昏点点滴滴。这次第、怎一个愁字了得!〔七〕

■ 注释

〔一〕戚戚:忧伤、愁苦的样子。以上三句,连用十四个叠字,刻画了作者的心情状态。"寻寻觅觅"写失望之情,"冷冷清清"写孤苦寂寞之情,"凄凄惨惨戚戚"写无可奈何之情。

〔二〕乍暖还寒:指深秋季节天气忽冷忽热、变化无常。

〔三〕将息:保养、调养。

〔四〕"雁过也"三句:深秋季节,雁从北方飞来,触动了怀乡之情,感叹身世、缅怀故园,不尽悲伤,而这雁却正好又是过去在故乡见过的,这就越发勾起感时伤世的心情。

〔五〕黄花:菊花。谁:何、什么。以上三句说,一丛丛的菊花,都已经憔悴了,现在还有什么可摘的呢?

〔六〕怎生:怎样。生,语助词。

〔七〕次第:光景、情况。以上两句说,面对这样的光景,忧伤不打一处来,用一个"愁"字怎么能概括得了呢。

■ 简评

　　这首词是作者晚年的作品。南渡之后，李清照的生活开始逆转，丈夫去世，金人南侵，颠沛流离，处境异常艰难。词中正集中地抒写了在此情况下，作者国破家亡，孤独无依，饱经忧患，伤时感身，郁结于心中的一腔难以言传的哀愁怨恨。作者将自然景物、生活细节与内心的情感活动结合起来写，刻画入微，读来异常感人。

陈与义（一首）

陈与义（1090—1139），字去非，号简斋，河南洛阳人。宋徽宗时进士。南渡后，官至参知政事（副宰相）。南宋著名诗人。词作不多，但很别致。著有《简斋集》。

临江仙　夜登小阁忆洛中旧游〔一〕

忆昔午桥桥上饮，〔二〕坐中多是豪英。〔三〕长沟流月去无声。〔四〕杏花疏影里，〔五〕吹笛到天明。　二十余年如一梦，此身虽在堪惊。〔六〕闲登小阁看新晴。〔七〕古今多少事，渔唱起三更。〔八〕

■ 注释

〔一〕洛中：指河南洛阳，北宋时为西京。旧游：从前一起游玩的朋友。

〔二〕午桥：桥名，位于洛阳城南面。

〔三〕豪英：豪放而有才华的人。

〔四〕这句说，河水映照着明月悄悄地流逝。长沟，指河水。

〔五〕疏影：稀疏、斑驳的阴影。

〔六〕以上两句说，经过二十多年来的大变乱（北宋亡国），虽然自己还活着，但一想起来，至今犹惊魂未定，恍如梦中。

〔七〕此句说，闲来登上小楼，赏看雨后初晴的月夜景色。

〔八〕起三更：三更时唱起来。以上两句说，古往今来多少兴亡之事，不过成为渔人的歌谣，在夜深人静时吟唱而已。

■ 简评

　　这首词表现了词人的兴亡之叹。他经历了北宋亡国后南渡的颠沛流离，终生难忘，以致二十多年之后忆起，仍无限悲痛，慨叹难平。词的上片追忆往昔（北宋未亡时）良朋雅会的豪兴，下片则表现作者饱经丧乱后的沉痛心情。一种深沉的历史感贯注于全词中，因此读来颇耐寻味。

张元幹（一首）

张元幹（1091—1170?），字仲宗，自号芦川居士，福建永福（今福建永泰）人。以词著称于北宋末、南宋初词坛。南渡后，秦桧把持朝政，他不愿与之同流合污，弃官而去。后因作词送别胡铨而被除名。词风慷慨激昂，奔放恣肆。著有《芦川词》。

贺新郎　送胡邦衡待制赴新州〔一〕

梦绕神州路。〔二〕怅秋风、〔三〕连营画角，〔四〕故宫离黍。〔五〕底事昆仑倾砥柱，〔六〕九地黄流乱注，〔七〕聚万落千村狐兔？〔八〕天意从来高难问，〔九〕况人情老易悲难诉。〔十〕更南浦，〔十一〕送君去。〔十二〕　　凉生岸柳催残暑。耿斜河、〔十三〕疏星淡月，断云微度。〔十四〕万里江山知何处，〔十五〕回首对床夜语。〔十六〕雁不到，书成谁与？〔十七〕目尽青天怀今古，肯儿曹恩怨相尔汝？〔十八〕举大白，〔十九〕听金缕。〔二十〕

■ 注释

〔一〕胡邦衡：即胡铨，邦衡是他的字，南宋初坚持抗金的爱国志士，曾任待制，即皇帝的顾问官。新州：今广东新兴县。胡铨曾上书请斩秦桧，被降职贬官福州，四年后又遭陷害，被押往新州管制。

〔二〕神州：即中国，这里指中原地区。这句说，做梦也在思念着沦陷于金国的中原大地。

〔三〕怅秋风：秋风令人生出无限惆怅。怅，愁苦、抑郁。

〔四〕连营画角：凄凉的号角声在许多兵营中响起来。连营，兵营一座连一座，连绵不断；画角，有彩绘的军中号角。

〔五〕故宫离黍：故宫，指北宋故都汴京的宫殿。离黍，即黍离，词中为了押韵而颠倒。黍离，长满庄稼。这一句说，故都汴京的宫殿，已经长满庄稼，变得一片荒凉了。

〔六〕底事：何事。昆仑：昆仑山，这里借喻宋王朝。倾：倒塌。砥柱：即砥柱山，在黄河中，即所谓"中流砥柱"。这里将昆仑山喻为天地间的砥柱。

〔七〕九地：九州之地、遍地。黄流：黄河之水，这里借喻入侵的金兵。乱注：四处泛滥。以上两句写金兵入侵、北宋王朝崩溃，国家和人民遭受灭顶之灾。

〔八〕万落千村：无数村落。狐兔：喻指金兵，表达蔑视之意。这句说，无数的村庄都被敌兵占领。

〔九〕天意，指皇帝的心思、用意。皇帝称天子，所以他的心意就称为天意。这句说，皇帝高高在上，他的心思无人能够了解。而实际上语带讽刺，讥刺宋高宗的屈辱求和。

〔十〕况人情老易悲难诉：而且人生易老，人情易感伤，纵有满腔悲愤，又能向谁去倾诉呢？以上两句系由杜甫诗句"天意高难问，人情老易悲"化来。

〔十一〕更南浦：再到水边码头送别。更，再。南浦，泛指送别的地方。

〔十二〕送君去：送你走。君，这里指胡铨。

〔十三〕耿：明亮。斜河：银河斜转，表示夜已深了。

〔十四〕断云：一朵一朵的云彩。微度：悠然地飘过去。

〔十五〕此句说，此地一别，你我远隔万里江山，不知你会身在何处。

〔十六〕回首：回忆。对床夜语：知心朋友之间长夜谈心。这句回忆作者与胡铨当年的友谊。

〔十七〕雁不到：北雁南飞到衡阳便不再走了，而胡铨所要去的新州还在衡阳的南边，所以说"雁不到"。古代传说大雁能为人传递书信。谁与：托交给谁。这两句写书信难通，从此就要音讯断绝了。

〔十八〕这两句，前一句意思是，要放开眼界看人生、看社会、知古通今，而不要津津于末节小事上；后一句意思是临别之际不痛哭伤心，作儿女惜别之态，同时又以不计较个人恩怨得失与胡铨共勉。肯，岂肯。儿曹，小儿女辈。尔汝，彼此以你我相称，表示亲密，叫作尔汝交。

〔十九〕大白：酒杯。

〔二十〕金缕：即《金缕曲》，《贺新郎》词牌的别名。

■ 简评

  南宋时力主抗金的志士胡铨受秦桧迫害，远谪新州，路过福州时，老朋友张元幹写了这首词（另外还有两首诗），为他送行。临歧送别是伤心事，然而在词中，作者却推开儿女情长之类话题，从国家命运、民族苦难和人生大节落笔，笔墨淋漓，慷慨激昂，倾吐了对祖国河山沦陷的悲痛之情，对投降派的愤怒之情，以及对友人的坎坷遭遇的关切之情。从中，我们可以看出作为爱国者的词人在国难当头之时的所思所想。这首词在当时就流传非常广，这自然与词作的内容，以及起伏跌宕、慷慨苍凉的艺术特点紧密相关。

岳飞（一首）

岳飞（1103—1141），字鹏举，河南汤阴人。少年从军，后成为南宋初期抗金名将，屡建战功。因坚持抗敌，反对议和，被秦桧以"莫须有"的罪名陷害。诗词风格雄豪，有强烈的民族自尊意识。著有《岳武穆遗文》。

满江红

怒发冲冠，〔一〕凭栏处、潇潇雨歇。〔二〕抬望眼、〔三〕仰天长啸，〔四〕壮怀激烈。〔五〕三十功名尘与土，八千里路云和月。〔六〕莫等闲、白了少年头，空悲切。〔七〕　　靖康耻，犹未雪。〔八〕臣子恨，何时灭。驾长车踏破、贺兰山缺。〔九〕壮志饥餐胡虏肉，笑谈渴饮匈奴血。〔十〕待从头、收拾旧山河，朝天阙。〔十一〕

■ 注释

〔一〕怒发冲冠：头发因愤怒而把帽子都顶起来了。这是用夸张的手法来描写极度愤怒。

〔二〕凭：依靠。处：时、际。潇潇：雨声。

〔三〕抬望眼：抬头远望。

〔四〕长啸：情感激昂时发出的长长的叫声。

〔五〕壮怀：壮志豪情。

〔六〕以上两句说，自己为了抗击金兵，报效国家，建功立业，征战南北，历尽艰险。尘与土，指到处奔走。云和月，指时光流逝。

〔七〕莫等闲：不要漫不经心。以上两句说，不要虚度岁月，以免后悔不及。

〔八〕靖康耻：指靖康三年（1127）金兵攻陷汴京，掳走徽、钦二帝，北宋灭亡这个历史事件。靖康，宋钦宗年号。雪：洗清、消除。这两句说，"靖康之变"这一奇耻大辱，到现在还没有雪洗。

〔九〕长车：战车。贺兰山缺：贺兰山的山口。贺兰山，在今宁夏与内蒙古之间。缺，山口、关口。这两句说，我要驾着战车，指挥军队，长驱北上，把侵略者赶到关外沙漠中去。

〔十〕胡虏：指北方金族入侵者。匈奴：亦指入侵者金兵。这两句充分表达了对侵略中原的金人的仇恨。

〔十一〕朝天阙：朝拜皇帝。天阙，皇宫前面左右对称的楼观。这里代表朝廷、皇帝。

■ 简评

南宋抗金名将岳飞的这首词，可以说是词如其人，写得气吞山河，格调高昂，词语豪壮，淋漓酣畅，充分地表达了一位爱国将领英勇无畏的气概，以致至今我们吟诵起来，尚能被作者在词中所抒发的情怀、所表现的思想所激励，而"壮怀激烈"起来。

陆游（三首）

陆游（1125—1210），字务观，自号放翁，浙江山阴（今浙江绍兴）人。南宋最著名诗人之一，存诗九千余首。曾长期任军职，有丰富的军旅生活和人生体验。因坚持抗金主张，不断遭受当权的议和派打击、贬斥。著有《剑南诗稿》、《渭南文集》。

钗头凤

红酥手，〔一〕黄縢酒。〔二〕满城春色宫墙柳。〔三〕东风恶，欢情薄。〔四〕一怀愁绪，〔五〕几年离索。〔六〕错，错，错。　春如旧，人空瘦，泪痕红浥鲛绡透。〔七〕桃花落，闲池阁。〔八〕山盟虽在，锦书难托。〔九〕莫，莫，莫。〔十〕

■ 注释

〔一〕红酥手：红润、柔软而有光泽的手。

〔二〕黄縢（téng）酒：一种官酿的用黄纸封口的酒，又叫黄封酒。

〔三〕宫墙柳：这里指沈园中的绿柳。

〔四〕东风：这里喻指拆散陆游与唐琬婚姻的封建家长。以上两句说，美满的爱情被无情的东风吹散。

〔五〕一怀愁绪：满怀愁苦心绪。

〔六〕离索：分别后的孤独生活。

〔七〕红浥：泪水沾湿了脸上的胭脂。浥，湿润，打湿。鲛绡（jiāoxiāo）：传说中由鲛人（居于海底的怪人）所织的丝绢，又用来泛指丝绢手帕。以上三句说，春光还是像从前那样美丽，只是人却白白地因相思而变得清瘦了许多，泪水和着胭脂，把手帕都湿透了。这是从唐琬的角度来写二人的痛苦心情。

〔八〕这两句说，美好的春天已逝（桃花凋落），园林荒凉冷落（闲池阁）。意在反衬词人凄凉的心情。

〔九〕山盟：指永远相爱的誓言。古人盟约，指山河为誓，意在表明像高山那样坚定不移。锦书：即回文书。前秦时期，窦滔被外放，妻子思念他，便织了一幅上有回文诗的织锦赠他。回文诗可以循环读。后世便称情书为锦书或锦字。托：寄出去。以上两句意为：虽然仍相互爱恋，但彼此都已另有婚嫁，为礼法所拘，所以便难以用书信来表达相思之情了。

〔十〕莫：罢了、算了。

■ 简评

陆游原先娶的是表妹唐琬，彼此感情甚笃，但由于陆母不喜欢唐琬，逼迫之下，陆游与唐琬不得不忍痛分离。之后，在一次春游中，陆游与唐琬不期而遇于沈园（在今浙江绍兴），这时二人均已另有婚嫁。唐琬遣人送酒肴给陆游以示致意，陆游倍加伤感，便在沈园的墙壁上题写了这首《钗头凤》。相传唐琬读了这首词之后，不久即因伤心过度而辞世。这首词表达了陆游对唐琬的深挚爱情和离异后的痛苦心情，异常深切感人。上片写陆游的心情，下片写唐琬的心情。

诉衷情

当年万里觅封侯，匹马戍梁州。〔一〕关河梦断何处，〔二〕尘暗旧貂裘。〔三〕　胡未灭，〔四〕鬓先秋，〔五〕泪空流。此生谁料，心在天山，〔六〕身老沧洲。〔七〕

■ 注释

〔一〕万里觅封侯：东汉名将班超少有大志，投笔从戎，后来出使西域，功绩卓著，被封为定远侯。这里用其典。梁州：今陕西南郑一带。以上两句回忆作者过去在陕南从军抗敌之事。

〔二〕关河：关塞和河防。梦断：梦醒。

〔三〕貂裘：貂皮衣服。《战国策·秦策》记载，苏秦游说秦王，上书十次不被采纳，身上穿的黑色貂皮衣服破烂了，黄金百斤也耗费完了，没有达到目的，只好悻悻而归。以上两句，上句说，早已离开了抗敌阵营赋闲在家，从前的军营生活只有在梦中重温，下句以破旧不堪的貂皮衣服为喻，意指自己不受重用，不能施展抱负。

〔四〕胡：指当时占领中原地区的金兵。

〔五〕鬓先秋：鬓发斑白、疏落，如草木在秋天凋零的那样。

〔六〕天山：在新疆境内。《唐书·薛仁贵传》记载，薛仁贵征西时，军营中传唱着"将军三箭定天下"的歌谣。这里指南宋的抗金前线。

〔七〕沧洲：近靠着水的地方，指隐居的人所住的地方。陆游晚年退隐居住在绍兴镜湖边的三山。

■ 简评

这首词是陆游晚年退隐绍兴山阴时写的。作者在词中回顾了当年在抗金前线南郑军营中的生活及英雄气概，同时又抒发了自己壮志未酬、被迫赋闲的深痛之情，对南宋统治者的苟且偷安表示了极大的不满。

卜算子　咏梅

驿外断桥边，〔一〕寂寞开无主。〔二〕已是黄昏独自愁，更著风和雨。〔三〕　无意苦争春，〔四〕一任群芳妒。〔五〕零落成泥碾作尘，〔六〕只有香如故。〔七〕

■ 注释

〔一〕驿外：驿站外边。

〔二〕无主：无人过问和欣赏。

〔三〕更著风和雨：再加上一番风雨的摧残。更著（zhuó），又遭到，更加上。

〔四〕苦：拼力，费尽心思。争春：在春天争奇斗妍。

〔五〕一任：完全听任。群芳：百花。

〔六〕碾：碾轧、压碎。

〔七〕只有香如故：只有清香依然像往常那样不变。

■ 简评

这是一首咏物词。陆游向来喜欢梅花，曾经写过百余首诗词歌咏梅花，颂扬梅花是"气节最高坚"。在这首词中，作者以非常平易自然的语言刻画了梅花孤独惆怅、坚强不屈的精魂。上片描绘和渲染了在黄昏风雨中于荒僻静寂之处孤独盛开的梅花的形象,下片以梅花的口吻,做了一番心灵的独白。作者在这里实际上是以受到风雨摧残和群芳妒忌的梅花自喻,他坚持自己的信念,不改变自己的节操,尽管"零落成泥碾作尘",也要将自己的高风亮节、崇高品格永远保留下来。

张孝祥（二首）

张孝祥（1132—1169），字安国，别号于湖居士，安徽乌江（今安徽和县）人。曾任中书舍人（草拟诏令，审阅公文的官吏）、建康留守等职。因赞助张浚北伐而受到主和派打击，免职。任官期间很有政绩。词作有深刻的爱国情感，既豪迈奔放，又潇洒清脱，有着开朗、阔大的境界和气势。著有《于湖词》。

六州歌头

长淮望断，〔一〕关塞莽然平。〔二〕征尘暗，〔三〕霜风劲，〔四〕悄边声。〔五〕黯销凝。〔六〕追想当年事，〔七〕殆天数，非人力。〔八〕洙泗上，弦歌地，亦膻腥。〔九〕隔水毡乡，〔十〕落日牛羊下，〔十一〕区脱纵横。〔十二〕看名王宵猎，骑火一川明。〔十三〕笳鼓悲鸣，〔十四〕遣人惊。〔十五〕　念腰间箭，匣中剑，空埃蠹，竟何成！〔十六〕时易失，心徒壮，〔十七〕岁将零。〔十八〕渺神京，〔十九〕干羽方怀远，〔二十〕静烽燧，〔二十一〕且休兵。〔二十二〕冠盖使，〔二十三〕纷驰骛，〔二十四〕若为情？〔二十五〕闻道中原遗老，〔二十六〕常南望，翠葆霓旌。〔二十七〕使行人到此，忠愤气填膺，有泪如倾。〔二十八〕

■ 注释

〔一〕长淮：指淮河。望断：极目望尽。

〔二〕关塞：军事关卡和要塞，这里指设在淮河岸边的要塞。当时南宋向金国屈膝求和，于绍兴十一年（1141）约定以淮河为界，所以淮河就成了南宋的前线。莽然：草木茂盛的样子。这句的意思是说，由于南宋朝廷不思抗战，关塞失修，无人防守，以致被荒草树木隐没。

〔三〕征尘暗：作战扬起的滚滚尘土遮天蔽日，一片昏暗。

〔四〕霜风劲：凛冽的寒风在劲吹。

〔五〕悄边声：边塞上静无声响，言外之意是说南宋抗金前线阵地上毫无战斗气氛，放弃了抵抗。

〔六〕黯销凝：（看到以上这一切）不禁使人黯然伤神。

〔七〕当年事：指1127年金兵侵入中原，徽、钦二帝被虏，北宋灭亡的惨景。

〔八〕殆：大概。天数：天意、气数。以上两句说，北宋灭亡的大祸大概是天意，不是人力所能阻挡得了的。

〔九〕洙泗：即洙水、泗水，均流经山东曲阜。春秋末年，孔子曾在故乡曲阜聚徒讲学。弦歌地：春秋时代注重礼乐，学堂里教学生弹琴、吟诵、习礼，所以常常传出弦歌之声。词中指孔子的家乡和他讲学的地方，曲阜在春秋时是儒学和教育最兴盛的地方。膻腥：牛羊的腥膻味，这里意指被金兵糟蹋。以上三句说，金兵四处蹂躏，连孔子故乡这样文化、教育最为昌盛的地方，也遭到了异族侵略者的践踏。

〔十〕隔水毡乡：隔水，指淮河北岸。毡乡，指游牧民族毡制帐篷成片的居住地。这句说仅一水之隔的淮河北岸已成了金人的聚居地。

〔十一〕落日牛羊下：黄昏时分，牛羊归来。这句说金人在淮河边上放牧。

〔十二〕区脱纵横：金兵的岗哨、工事纵横交错，到处都是。区脱，古代北方民族在边境上修筑的土室，用作军事上的防守和侦察。

145

〔十三〕名王：古代匈奴贵族或王侯，这里指金兵主将。宵猎：夜间打猎。骑（jì）火：骑兵手执的火把。一川：指淮河。以上两句说，金兵在边界上耀武扬威，骑兵的火把将一条淮河照得通明。

〔十四〕笳鼓悲鸣：胡笳、鼙鼓齐声轰鸣，其音凄厉。胡笳、鼙鼓均为金兵军中的乐器。

〔十五〕遣人：使人。

〔十六〕匣：剑鞘。空埃蠹：由于宝剑长期不用，白白地落满尘埃，剑鞘让虫子蛀蚀。竟何成：竟然成了什么样子。

〔十七〕心徒壮：白白有一怀雄心壮志。

〔十八〕岁将零：年纪老迈，生命将尽。岁，年岁。

〔十九〕渺神京：汴京如今已杳渺难见。渺，邈远；神京，指北宋故都汴京。

〔二十〕干羽：古代跳舞者使用的两种舞具。干为盾牌，羽为羽毛竿。这里指礼乐。方：正在。怀远：安抚、怀柔北方少数民族。这句说，朝廷正采取安抚政策，缓和与金朝的矛盾。实际上是讽刺南宋统治者借口通过教化使金人归顺而放弃抵抗，屈辱求和。

〔二十一〕静烽燧（suì）：边境上既无烽火，也无狼烟。烽燧，古代边境上遇到敌情时在高台上报警的烽火。黑夜举火，白天升烟；燃火叫烽，升烟叫燧。

〔二十二〕休兵：无战事。

〔二十三〕冠盖使：指南宋派遣到金朝去的使臣。冠指礼帽，盖指车篷。

〔二十四〕纷驰骛（wù）：一次又一次地奔走。驰骛，奔走，疾驰。

〔二十五〕若为情：怎么好意思。若，怎么。以上三句说，那些衣冠楚楚、派头很大的朝廷的使臣们竞相去金朝求和，他们怎么就不害臊呢？

〔二十六〕闻道：听说。中原遗老：指被金兵占领了的广大北方地区经历了北宋灭亡、劫后余生的老人们。

〔二十七〕翠葆霓旌（jīng）：用翠鸟羽毛装饰的车盖和饰有云纹的彩旗，具体指皇帝的车驾。这里以皇帝的车驾指代宋代王朝及其军队。以上三句说，中原父老盼望朝廷光复天下。

〔二十八〕忠愤：指爱国的赤胆忠心以及对统治者误国、害民的强烈愤恨。填膺（yīng）：充满胸膛。

■ 简评

张孝祥的这首名作，堪称南宋爱国词中的精品。作者利用《六州歌头》这一词牌句短节促、曲调悲壮的特点，将自己胸中对国家和人民命运的深切忧虑、对朝中求和派放弃抵抗屈辱偷安行为的愤恨以及自己壮志难酬的悲哀，一泻无余地抒写了出来，确实可称为淋漓痛快，笔饱墨酣。由于这首词不仅具有深刻的思想内容，而且艺术造诣也极高，因此历来受到好评。作者是在一次宴会上挥笔写成这首词的，当时的主张抵抗金兵的大将张浚也在场，读后戚然动容，罢席而去，可见其感人之深。就是我们今天诵读，也是激情难已。

念奴娇　过洞庭

洞庭青草，〔一〕近中秋、更无一点风色。〔二〕玉鉴琼田三万顷，〔三〕著我扁舟一叶。〔四〕素月分辉，〔五〕明河共影，〔六〕表里俱澄澈。〔七〕悠然心会，〔八〕妙处难与君说。〔九〕　应念岭表经年，孤光自照，肝胆皆冰雪。〔十〕短鬓萧疏襟袖冷，〔十一〕稳泛沧溟空阔。〔十二〕尽挹西江，〔十三〕细斟北斗，〔十四〕万象为宾客。〔十五〕叩舷独啸，〔十六〕不知今夕何夕。〔十七〕

■ 注释

〔一〕洞庭青草：分别指洞庭湖与青草湖，俱在今湖南省，因两湖相连，所以并称。

〔二〕风色：风势。

〔三〕玉鉴：美玉做成的镜子。琼田：美玉铺成的田地。这是形容月光下广阔的湖面之美丽。

〔四〕著我扁舟一叶：湖面上漂浮着我的一叶扁舟。一叶，形容船小而轻盈，像一片树叶。

〔五〕素月分辉：洁白的明月把光辉分给湖水。

〔六〕明河共影：明亮的银河投影到湖中，上下两道银河交相辉映。

〔七〕表里俱澄澈：天光与湖光融而为一，明亮清澈，有天地之间一片洁净明亮的意思。表里，本来指外表与内里，这里指天地之间、天光与湖光。

〔八〕悠然：安适、飘逸。这句是说，在安闲、飘逸之中内心有所感悟。

〔九〕君：你。

〔十〕岭表：指两广，即广东、广西。两广北靠五岭（大庾、始安、临贺、桂阳、揭阳），南临大海，故称之。经年：一年或一年以上。张孝祥曾任广南西路经略安抚使，因受排挤而被罢官。孤光自照：孤冷的月光映照着自己。这里有孤芳自赏之意。肝胆：指心灵。冰雪：形容心灵高洁、明亮。以上三句作者在做自我心灵表白。

〔十一〕此句说，短发稀疏，衣服单薄。

〔十二〕沧溟：茫茫大水或大海。此句说，稳稳地乘舟在广阔的湖面上徜徉。

〔十三〕尽挹：舀尽西江之水。挹，舀取。西江：指西来的长江。

〔十四〕细斟北斗：以天上的北斗星作酒杯，斟得满满的。

〔十五〕万象为宾客：以天地万物为客人。万象，天地万物。

〔十六〕叩舷独啸：敲击船边，独自长啸。

〔十七〕今夕何夕：今夜是什么日子。常用以赞叹良辰美景。

■ 简评

　　这首词是作者从广西离职，路过洞庭湖时所作。词的上片写秋夜月下泛舟洞庭湖时所见到的美好景色，湖光、月色，上下交辉，天地间一片明洁，使人仿佛置身于一个白玉无瑕的世界之中，心神为之爽然。这就为下片的抒发怀抱做好了铺垫。下片抒写自己的旷达胸襟和美好品德。在此，作者主观的精神境界与大自然的美妙风光息息相通，融而为一。全词情景交融，使人读来感到和谐、自在，获得一种精神自由的美的享受。

辛弃疾（九首）

辛弃疾（1140—1207），字幼安，号稼轩，山东济南人。二十一岁时组织军队抗金，后历任湖北、湖南、江西安抚使（掌管一路军政民政的长官），有政绩，受到当权者疑忌。力主抗金，但却遭到免职。南宋最杰出的词人。词作兼有豪放、婉约风格，悲壮豪迈。著有《稼轩词》（又名《稼轩长短句》）。

水龙吟　登建康赏心亭[一]

楚天千里清秋，[二]水随天去秋无际。[三]遥岑远目，[四]献愁供恨，[五]玉簪螺髻。[六]落日楼头，断鸿声里，[七]江南游子。[八]把吴钩看了，[九]栏杆拍遍，无人会，[十]登临意。[十一]休说鲈鱼堪脍，[十二]尽西风、季鹰归未？[十三]求田问舍，[十四]怕应羞见，刘郎才气。[十五]可惜流年，[十六]忧愁风雨，树犹如此！[十七]倩何人，[十八]唤取红巾翠袖，[十九]揾英雄泪。[二十]

■ 注释

〔一〕建康：即今江苏省南京市。赏心亭：古亭名，在当时建康下水门（今南京水西门）城上，下临秦淮河，为观览游赏之处。

〔二〕楚天：江淮流域在春秋战国时属楚国，这里用来泛指南方的天空。

〔三〕水随天去秋无际：江水远去，水天一色，满目秋色，无边无际。

〔四〕遥岑远目：放眼眺望远山。遥岑，远山。远目，远望。

〔五〕献愁供恨：远处的山峰都含着愁，带着恨。这是词人的主观感受，因为当时北方的河山都沦陷于金人统治之下，所以有此借景抒情之语。

〔六〕玉簪螺髻：形容远山像是美人发髻上插戴的玉簪和螺旋形盘绕的发髻。

〔七〕断鸿声里：在孤雁的哀鸣声中。断鸿，失群的孤雁。

〔八〕江南游子：作者自称。辛弃疾是山东人，客居南方，所以自称"江南游子"。游子，漂泊异乡的人。

〔九〕把吴钩看了：仔细地端详宝刀。此句寓有决心杀敌雪耻之意。吴钩，宝刀名，产于古代吴地。

〔十〕会：懂得，理解。

〔十一〕登临意：登高望远的心意。

〔十二〕鲈鱼堪脍（kuài）：可以将鲈鱼肉切得极细。脍，把肉切得非常细。

〔十三〕季鹰归未：季鹰弃官归来没有？季鹰，晋代人张翰的字。他曾在京城洛阳做官，见秋风起，便想念家乡苏州的美食莼菜羹和鲈鱼脍，于是就辞官返乡。后来士大夫文人就以此为典故，称思乡归隐为莼鲈之思。以上三句表述了作者在国难当头之时，不愿像张翰那样返乡归隐，追求个人生活享受之意。同时又包含着作者有家难归的思乡之情。

〔十四〕求田问舍：置办田地房屋。

〔十五〕刘郎：指刘备。以上三句意为，自己不愿置田买房，为个

151

人安逸而奔走，那样会被天下英雄所耻笑。

〔十六〕流年：年华如流水。

〔十七〕以上三句说，光阴如流水，年华不等人，国运飘摇于风雨之中，令人无恨忧愁，原来的小树已长大，而自己却一事无成，壮志难酬。

〔十八〕倩：请。

〔十九〕唤取红巾翠袖：唤来美人、歌女。红巾翠袖，指穿红戴绿的美女、歌女。

〔二十〕揾（wèn）：擦。以上三句说，自己壮志未酬，又得不到人们的理解，缺少知音，只能从席间的美女、歌女那里获得些许同情和安慰。

■ 简评

　　这是一首慷慨激昂，深沉悲壮，洋溢着爱国主义热情和英雄主义豪情而感人至深的词作。作于宋孝宗乾道五年（1169），当时辛弃疾在建康做通判。上片通过景物描写，抒发了作者满腔爱国之心而无人理解的悲痛、激愤之情。落日楼头，断鸿声里，具有强烈英雄气质的词人却无法为国效力，抽刀细看，栏杆拍遍，然而无人能够理会他的这一壮志豪情，能不倍感凄凉、孤独？下片进而抒发自己壮志满怀，老大无成，感慨英雄无用武之地。批评了那种消极避世，贪图享乐的人生观，而忧怀国事，追求奋发有为，建功立业，然而时不我予，到头来只得从歌女那里获得一点温情和安慰。这首词写得情感跌宕，一唱三叹，将词人丰富而复杂的内心世界表现得异常充分，具有极强的艺术感染力，成为历代传诵的名篇。

青玉案　元夕〔一〕

　　东风夜放花千树，〔二〕更吹落、星如雨。〔三〕宝马雕车香满路。〔四〕凤箫声动，〔五〕玉壶光转，〔六〕一夜鱼龙舞。〔七〕　蛾儿雪柳黄金缕，〔八〕笑语盈盈暗香去。〔九〕众里寻他千百度。〔十〕蓦然回首，〔十一〕那人却在、灯火阑珊处。〔十二〕

■ 注释

　　〔一〕元夕：元宵节夜晚。农历正月十五为上元节，夜晚称元夕或元夜。

　　〔二〕东风夜放花千树：元宵之夜，花灯五彩缤纷，像是东风吹开了千树春花。

　　〔三〕以上两句，将元宵节夜晚放的焰火比作繁星。意思是说，又像是春风把满天繁星雨点般地吹落到人间来了。

　　〔四〕宝马雕车：宝马形容马匹名贵，雕车意在强调车子装饰华贵。这句意在表明豪门大贵人家也纷纷前来赏灯。

　　〔五〕凤箫：古人称箫为凤箫，这里指代音乐。这句说，音乐演奏起来了。

　　〔六〕玉壶光转：玉壶指白玉制成的花灯。这句说，花灯明亮，旋转不断。

　　〔七〕鱼龙舞：鱼状、龙状的花灯在飞舞。

　　〔八〕蛾儿、雪柳黄金缕：都是宋代妇女头上戴的装饰物，用彩绸或彩纸制成。

　　〔九〕这一句描写妇女们满身香气，说笑不停地走过去了。盈盈，形容妇女说笑时美妙动人的神态。

　　〔十〕他：指自己的意中人。千百度，千百次。

153

〔十一〕蓦然回首：忽然回头。

〔十二〕灯火阑珊处：灯火暗淡、冷落的地方。

■ 简评

　　这首词上片以丰富的想象力生动地描绘出了元宵之夜火树银花，热闹非凡的场景，下片描写姿态动人的妇女们观灯游赏的情形。这同时又是一首具有深沉寄托的词作，体现在词的后半部分。词人在苦苦地寻找自己的意中人，原来他（她）不爱凑热闹，正沉静地站在灯火冷清处。其实，词人所寻觅的这个遗世独立、不随波逐流而自甘寂寞的性格形象，正是他的自画像。这无不反映了辛弃疾在政治失意之后，宁愿独处，独善其身，而不愿同流合污的气节。

菩萨蛮　书江西造口壁〔一〕

　　郁孤台下清江水，〔二〕中间多少行人泪。〔三〕西北望长安，可怜无数山。〔四〕　青山遮不住，毕竟东流去。〔五〕江晚正愁余，〔六〕山深闻鹧鸪。〔七〕

■ 注释

　　〔一〕造口：即造口镇，又称皂口，在今江西万安县。

　　〔二〕郁孤台：古台名，在今江西赣州市西南的贺兰山上。赣江由此向东北流入鄱阳湖。赣江与袁江合流，称为清江。

　　〔三〕行人：这里指因金兵南侵而造成的大量背井离乡，流离失所的难民。

〔四〕长安：这里借指北宋京城汴京。这两句抒发作者深沉的故国之思，痛惜北方大片河山沦落于金人手中。

〔五〕以上两句说，虽然青山遮住了人们的视线，但阻挡不了滚滚东流的江水。显示了词人对民族复兴的坚定信念。

〔六〕愁余：使我愁苦、惆怅。余，我。

〔七〕鹧鸪：鸟名，古人以为它的啼叫声像是呼唤"行不得也哥哥"。以上两句以江上夜愁、深山鸟鸣暗寓词人不能实现报国杀敌理想的苦闷，以及对南宋朝廷投降势力的愤慨和失望。

■ 简评

这首词写于南宋淳熙三年（1176），当时辛弃疾任江西提点刑狱。词人经过造口，不禁想起了四十多年前，即建炎三年（1129），金兵兵分两路大举南侵，一路直下南宋首都临安（今浙江杭州），一路从湖北进军江西，给人民带来的种种苦难的往事，由流淌不息的江水想到民族苦难的泪水。虽然时至今日，广大中原地区仍未收复，但词人坚信"青山遮不住，毕竟东流去"，民族复兴大业一定能够实现。词中寄托了作者忧患国难的深沉情感。

破阵子　为陈同甫赋壮词以寄之〔一〕

醉里挑灯看剑，〔二〕梦回吹角连营。〔三〕八百里分麾下炙，〔四〕五十弦翻塞外声，〔五〕沙场秋点兵。〔六〕　马作的卢飞快，〔七〕弓如霹雳弦惊。〔八〕了却君王天下事，〔九〕赢得生前身后名，〔十〕可怜白发生！

■ 注释

〔一〕陈同甫：即陈亮。

〔二〕挑灯：拨亮灯光。

〔三〕梦回：梦醒。吹角连营：各个兵营里都吹起了号角。

〔四〕八百里：健壮的牛，典出《世说新语·汰侈》："王君夫（恺）有牛，名八百里驳"，一说指八百里范围内的部队。麾（huī）下：部下。炙（zhì）：烤肉。这句说，各个军营都分到了熟牛肉吃。这是在写1161年以耿京为首的北方抗金起义军的军营生活情景。

〔五〕五十弦：即瑟，一种弦乐器。这里泛指乐器。翻：演奏。塞外声：指表现边塞征战生活的乐曲。

〔六〕沙场：战场。点兵：检阅军队。

〔七〕作：像。的卢：一种烈性战马之名。三国时刘备所骑的马就叫"的卢"。

〔八〕霹雳：雷声。这里形容弓弦的响声。

〔九〕了却：完成。君王天下事：这里指收复中原之事。

〔十〕身后：死后。

■ 简评

据记载，这首词是辛弃疾与陈亮纵谈天下事之后，辛弃疾写给陈亮的。在词中，作者以豪迈的笔调，追怀自己年轻时驰骋沙场、抗击金兵的英武气概和战斗经历。作者梦中都不能忘怀的是收复中原、恢复祖国河山的大业，但由于朝廷腐败无能，爱国志士被排斥，所以英雄无用武之地，以致壮志难酬，"可怜白发生"，故词中又交织着作者的一腔悲愤之情。这首词的风格异常激昂慷慨，所以有"壮词"之称。

永遇乐　京口北固亭怀古〔一〕

千古江山，英雄无觅，孙仲谋处。〔二〕舞榭歌台，〔三〕风流总被、雨打风吹去。〔四〕斜阳草树，寻常巷陌，人道寄奴曾住。〔五〕想当年、金戈铁马，气吞万里如虎。〔六〕　元嘉草草，〔七〕封狼居胥，〔八〕赢得仓皇北顾。〔九〕四十三年，〔十〕望中犹记、烽火扬州路。〔十一〕可堪回首，〔十二〕佛狸祠下，〔十三〕一片神鸦社鼓。〔十四〕凭谁问，廉颇老矣，尚能饭否？〔十五〕

■ 注释

〔一〕京口：即今江苏镇江。北固亭：在镇江北面长江边的北固山上。怀古：怀念古代人物和业绩，借以抒发作者的情怀。

〔二〕孙仲谋：即孙权，仲谋是他的字，三国时吴国君主。以上三句说，大好河山，悠悠千古，但是像孙权那样的有作为的英雄豪杰，却再也难以找到了。

〔三〕舞榭歌台：即作为歌舞场所的楼阁。榭，建立在高台上的房屋。京口曾为吴国的京城，当年此地定然楼台馆阁，繁华异常。

〔四〕风流：指杰出的人物、辉煌的业绩。以上两句说，虽然当年此地异常繁华，人物云集，但是随着时间的推移，在历史的无情风雨中，一切都无声无息地消逝了。

〔五〕寻常巷陌：普通平民住的街巷。寄奴：南朝宋武帝刘裕（420—422年在位）的小名。刘裕曾在京口举兵北伐中原，先后平掉南燕、后秦，收复了洛阳、长安等地，取代了东晋政权，建立了刘宋王朝。以上三句说，刘裕曾经住过的地方，现在成了草木丛生，只有普通平民住的街巷。

〔六〕金戈铁马：坚利的武器和披着铁甲的战马。以上三句写刘裕当年挥兵北伐，气吞万里，势若猛虎的英雄气概。

〔七〕元嘉草草：元嘉为宋文帝刘义隆的年号（424—453），草草指做事草率。元嘉二十七年（450），刘义隆派王玄谟等人北上攻北魏，但准备不足，大败而归，北魏兵几乎追到建康城下，本句即言此史实。

〔八〕封狼居胥：封，古代在山上筑坛祭天的仪式。狼居胥，山名，在今内蒙古自治区，一说即今河套西北的狼山。汉武帝时，大将霍去病战胜匈奴，在狼居胥山上筑坛祭天，庆贺胜利。这里借用这一典故来说明宋文帝元嘉二十七年（450）北伐时的雄心勃勃。

〔九〕赢得仓皇北顾：落得个仓皇逃归，而且不断地回头看，生怕人家打过来。此句写宋文帝元嘉北伐大败的事情，当时北魏太武帝拓跋焘率兵扬言要渡过长江。

〔十〕四十三年：辛弃疾自绍兴三十二年（1162）率起义军渡江南来，到写这首词的开禧元年（1205），其间共四十三年。

〔十一〕以上两句说，在远望中，我还清楚地记得当年江北的扬州遍地是抗金的战火。当时金主完颜亮率兵侵占了扬州。路，宋朝行政区域名称，扬州当时属淮南东路。

〔十二〕可堪回首：往事不堪回首。可堪，不堪。

〔十三〕佛狸祠下：北魏太武帝拓跋焘的祠堂下。佛狸，拓跋焘的小名。元嘉二十七年（450），拓跋焘率军追击宋军，在长江北岸瓜步山上建立行宫，后修建佛狸祠。

〔十四〕神鸦社鼓：神鸦指飞来吃祠中祭品的乌鸦，社鼓指祭神时敲的鼓。以上三句说，现在人们已经忘记了当年的历史，在佛狸祠里迎神赛社，真是不堪回首啊。

〔十五〕廉颇：战国时期赵国的名将。他因受陷害，被迫到了魏国。后来秦国攻打赵国，赵王想起用廉颇率兵抗敌，便派人到魏国去看望他，问他身体如何，是否能担当大任。廉颇当着来人的面，吃了许多饭和肉，表示自己身强体壮，愿掌帅印。但廉颇的仇人贿赂了使者，说廉颇虽然饭量大，但年龄太大了，一会儿工夫就上了三次厕所，因此赵王就没有起用他。在这里，辛弃疾以廉颇自比，期望能得到朝廷重用，率军抗金，收复失地。

■ 简评

　　这是辛弃疾的一首怀古名作。写作此词时，他在镇江做知府，年龄已六十六岁。词中咏古叹今，感情沉郁激昂，风格深沉奔放。上片写登高远望，面对饱经历史风雨的千古江山，词人心头不禁涌上来无限的历史感和现实感。下片进一步就发生在眼前这片土地上的历史事件展开思考，并借以抒发自己对现实的感慨，曲折地表达了自己的雄心壮志和人生感叹。该词用典颇多，但并不隔，很能代表辛弃疾词的特点。

南乡子　登京口北固亭有怀〔一〕

　　何处望神州？〔二〕满眼风光北固楼。〔三〕千古兴亡多少事，〔四〕悠悠，〔五〕不尽长江滚滚流。〔六〕　年少万兜鍪，〔七〕坐断东南战未休。〔八〕天下英雄谁敌手？曹刘。〔九〕生子当如孙仲谋。〔十〕

■ 注释

　　〔一〕京口北固亭：见前辛弃疾词《永遇乐》注〔一〕。有怀：有感。

　　〔二〕何处望神州：举目远望，神州大地在哪里？意谓看不到神州故土了。神州，古指中国，这里指中原沦陷地区。

　　〔三〕北固楼：即北固亭的亭楼。以上两句说，站在北固楼上，只见满目青山绿水，一派大好风光，而看不见中原故土。

　　〔四〕千古句：古往今来，历朝历代，兴亡更替，令人感叹不尽。

〔五〕悠悠：漫长、悠远。

〔六〕此句承前两句而来，意思是古今各个朝代兴亡更替，恰如眼前这无穷无尽的长江流水，连续不断而又一去不返。

〔七〕兜鍪（dōumóu）：士兵戴的头盔。这里指代士兵。三国时期，年轻的孙权继承哥哥孙策未尽的大业，成为万军统帅，治理江东，与魏、蜀三分天下，后来做了吴国皇帝。这句赞扬孙权少年有为。

〔八〕坐断：雄踞、占领。东南：江东一带。三国时吴国地处中原的东南方。战未休：征战不息。这句说，孙权雄踞江东，运筹帷幄，在频繁的征战中巩固了基业。

〔九〕曹刘：曹操、刘备。曹操曾与刘备说："如今天下英雄，只有您与我二人。"以上两句化用其意，意思是说，天下英雄谁是孙权的敌手呢？只有曹操和刘备。

〔十〕孙仲谋：孙权的字。曹操与孙权战于濡须坞（故址在今安徽巢县一带），见东吴的舰船、军队非常严整，感慨地说：生儿子要像孙权那样英明能干，刘表的儿子只不过是像猪狗一般的无能之辈罢了。这里用其典，借以讽刺怯懦畏敌的南宋王朝。

■ 简评

这是一首登临怀古，感慨国事之作。词人登上北固亭，眺望神州大好河山，故国之思油然而生，对国家兴亡、民族安危的忧患意识萦绕心头。词中借歌颂当年雄姿英发的年轻英雄孙权创立英雄业绩的事迹，表达了对南宋王朝怯懦畏敌、苟且偷安的轻蔑。怀古讽今，是这首词在思想性方面的特点。

清平乐

　　茅檐低小，溪上青青草。醉里吴音相媚好，〔一〕白发谁家翁媪。〔二〕　大儿锄豆溪东，中儿正织鸡笼。最喜小儿亡赖，〔三〕溪头卧剥莲蓬。

■ 注释

　　〔一〕这一句说，含着醉意讲出的南方话，听起来分外悦耳。吴音，吴地方言。这里泛指南方话。媚好，语音柔媚悦耳。

　　〔二〕白发谁家翁媪（ǎo）：即谁家白发翁媪。翁，老头，老公公。媪，老太婆。

　　〔三〕最喜小儿亡赖：最逗乐的是调皮的小儿子。亡赖，调皮。亡，同"无"。

■ 简评

　　这首词以极为精练的笔墨，为我们勾勒出了一幅生机盎然的农家生活画面。白发老人怡然自乐，三个儿子各忙所忙。尤其是一个"卧"字，活灵活现地将小儿子的稚气和顽皮神态表现出来。辛弃疾擅长以清新的笔触描写农家生活，情感真挚，生活气息浓厚，本词即为成功的一例。

西江月　夜行黄沙道中〔一〕

　　明月别枝惊鹊，〔二〕清风半夜鸣蝉。稻花香里说丰年，听取

蛙声一片。〔三〕　七八个星天外，两三点雨山前。旧时茅店社林边，路转溪桥忽见。〔四〕

■ 注释

〔一〕黄沙道中：黄沙岭边的小道。黄沙，即黄沙岭，在江西上饶西面。

〔二〕别枝：斜出的树枝。一说为离枝飞走。这句说，明亮的月光惊醒了栖息在枝头的喜鹊。

〔三〕以上两句说，稻花飘香，蛙声如潮，似乎在向人们预告丰收的好年景。

〔四〕社林：土地庙周围的树林。社，土地庙。以上两句说，走过溪上小桥，沿着小路转个弯就看见了，土地庙树林旁那家熟悉的茅店。

■ 简评

　　月明，风清，稻花飘香，蛙声如潮。土地庙、树林、小桥、茅屋，织成了一幅夏日清爽、明洁的乡村夜景图。再加上稀疏的星星和飘零的小雨，更增添了一种清幽的趣味。这一切无不散发着一股浓郁的乡土气息。作者心情明快，文笔也轻灵，既写出了置身于自然美景中的一腔快意，又抒发了丰收在望的喜悦，因此使人品味不尽。

鹧鸪天　代人赋〔一〕

　　陌上柔桑破嫩芽，〔二〕东邻蚕种已生些。〔三〕平冈细草鸣黄犊，〔四〕斜日寒林点暮鸦。〔五〕　山远近，路横斜，青旗沽酒有

人家。〔六〕城中桃李愁风雨，春在溪头荠菜花。〔七〕

■ 注释

〔一〕代人赋：替别人写。

〔二〕陌上：路边。柔桑：小桑树。破嫩芽：冒出嫩芽。此句从桑树冒出嫩芽点出春天的到来。

〔三〕蚕种：蚕卵。生些：生出。些为语助词。此句说，邻家的蚕种已经生出了幼蚕。

〔四〕平冈：平坦的高地。细草：小草。黄犊：黄色小牛。此句说，平坦的山冈上长满了细嫩的青草，小牛犊在山冈上不停地鸣叫着。

〔五〕斜日：西斜的太阳。寒林：由于早春还带寒意。所以称为寒林。暮鸦：暮归的群鸦。这一句中的"点"字用得非常生动。此句说，红日西斜，乍暖还寒的树林中穿飞着暮归的群鸦。

〔六〕山远近：远山与近山相映衬。路横斜：道路横竖相交错。青旗，指酒店门前悬挂的酒幌子。沽：卖。以上三句说，山峰远近交错，小路弯曲横斜，就在这山回路转中间，飘扬出酒家的青旗。

〔七〕愁风雨：不堪风雨的摧残。荠（jì）菜：一种野菜，春天开白花。以上两句说，正当城里的桃李花在风雨的摧残下凋零而春意阑珊之时，田野溪水边的荠菜花却开得正盛，使人觉得春意正浓。

■ 简评

在这首词中既有诗人的细致入微的感受，又有画家的明快的视觉感受，从而使所描写的乡村春景宛如一幅色彩斑斓的油画。词中对桑芽、蚕种、小牛等农村景物的描写，既体现了作者对农事的关切，也反映了他的生活情趣，即热爱乡村生活。最后两句，寄托了作者很深的思想，即厌倦城市、官场生活，而向往纯朴自然的乡居生活。

朱淑真（一首）

朱淑真（生卒年不详），号幽栖居士，钱塘（今浙江杭州）人，一说海宁（今属浙江）人。宋代著名女诗人、词人。有才艺，词作多写闺阁生活。有《断肠词》集，存词二十余首。

眼儿媚

迟迟春日弄轻柔，〔一〕花径暗香流。〔二〕清明过了，不堪回首，云锁朱楼。〔三〕　午窗睡起莺声巧，何处唤春愁？〔四〕绿杨影里，海棠亭畔，红杏梢头。

■ 注释

〔一〕迟迟：形容天长。弄轻柔：和煦的春风拂弄着柳条。轻柔，指代嫩绿的柳丝。

〔二〕花径暗香流：花间小路上香气飘动。

〔三〕锁：形容云雾笼罩。朱楼：华美的楼阁。

〔四〕何处唤春愁：黄莺是在何处鸣叫，唤起人们的春愁呢？以下三句是对黄莺叫处的猜测。

■ 简评

  这是一首表现春愁的词。一位闺中女子住在华美的楼阁之上，春光明媚，日头漫长，她回首往事，心中不禁愁绪万端，不知从何说起。词中描写春日的暖意，百花的馨香，黄莺的鸣叫，绿杨、海棠、红杏，一切都仿佛能看得见、听得着、闻得到，色彩丰富，动静结合，充满了诗情画意。

姜夔（二首）

姜夔（1155？—1221？），字尧章，自号白石道人，江西鄱阳人。南宋著名词人，兼诗人、书法家、音乐家于一身。精审音律，能自创新声。词作成就最高，词风清空、高洁、极富想象，语言灵动、自然。在南宋词坛，姜夔与辛弃疾、吴文英鼎足而三，对南宋末词人王沂孙、张炎等人影响很深。著有《白石词》。

点绛唇　丁未冬过吴松作[一]

燕雁无心，太湖西畔随云去。[二]数峰清苦，商略黄昏雨。[三]第四桥边，[四]拟共天随住。[五]今何许，[六]凭阑怀古，残柳参差舞。[七]

■ 注释

〔一〕丁未：南宋孝宗淳熙十四年（1187）。吴松即今吴淞江。

〔二〕燕（yān）雁：北方飞来的大雁。燕，今北京一带在战国时属燕国之地，这里泛指北方。大雁在每年春分前后飞向北方，秋分前后又飞回南方。以上两句说，从北方飞来的大雁无意在太湖西岸停留，继续向南飞去。

〔三〕商略：商量。以上两句使用拟人化的艺术手法，对黄昏时候，云雾迷蒙中的山峰进行表现，说它们正在商量、酝酿要降一场雨，或者商量雨来之后怎么办，以"清苦"加之于"数峰"，感情色彩立即凸显，景物便活了，具有了生命力。亦有一种解释说，"燕雁"是这两句的主语，那么其意思就变为大雁在"数峰"之间，于黄昏之雨将要来临之际，商量着停留下来还是离开此处的问题，最后的结果是"无心"留于此地，"随云去"。这两句是姜夔的名句，历来赏评很多。

〔四〕第四桥：指吴江城外的甘泉桥，此处的泉水被评为天下第四，因而得名。

〔五〕拟共：想要一起。天随：唐代诗人陆龟蒙自号天随子。他辞官之后，隐居在太湖边上，常常带着文房四宝、茶具、钓具，泛舟太湖，当时人称他为江湖散人。姜夔经常以陆龟蒙自比。这句通过说想要追随陆龟蒙而显示出词人的一种生活意向。

〔六〕何许：如何，怎样。

〔七〕凭阑：靠着栏杆。参差（cēncī）：长短不齐。以上三句通过衰柳在飒飒秋风中舞动的凄凉景象，表现了作者怀古伤今、感慨万千的内心世界。

■ 简评

这首词看起来只是描写眼前的景物，实际上却有着极深的寄寓，作者对于时局的忧虑，对于个人命运的哀叹，无不通过笔下所精心描刻的种种景物自然地流露出来了，这也正是这首词的特点。姜夔的词以空灵含蓄著称，但他的一些词又能于空灵中透出沉郁，如本词下片所描刻的意象，即寓有深沉的现实情感。

扬州慢

淳熙丙申至日，〔一〕予过维扬。〔二〕夜雪初霁，〔三〕荠麦弥望。〔四〕入其城，则四顾萧条，寒水自碧，暮色渐起，戍角悲吟。〔五〕予怀怆然，〔六〕感慨今昔，因自度此曲，〔七〕千岩老人以为有黍离之悲也。〔八〕

淮左名都，〔九〕竹西佳处，〔十〕解鞍少驻初程。〔十一〕过春风十里，〔十二〕尽荠麦青青。〔十三〕自胡马窥江去后，〔十四〕废池乔木，犹厌言兵。〔十五〕渐黄昏、清角吹寒，都在空城。〔十六〕 杜郎俊赏，算而今、重到须惊。〔十七〕纵豆蔻词工，青楼梦好，难赋深情。〔十八〕二十四桥仍在，〔十九〕波心荡、〔二十〕冷月无声。〔二十一〕念桥边红药，年年知为谁生？〔二十二〕

■ 注释

〔一〕淳熙丙申：宋孝宗淳熙三年（1176）。至日：冬至日。

〔二〕予：我。维扬：扬州的别称。《尚书·禹贡》："淮海维扬州。"后世便称扬州为"维扬"。

〔三〕霁（jì）：雨后或雪后转晴，这里指后者。

〔四〕荠（jì）麦：野生的麦子。弥望：满眼，望不到头。

〔五〕戍角：军营中吹的号角。

〔六〕怆然：悲痛的样子。

〔七〕自度此曲：自己创制了《扬州慢》这个词牌。自创词牌叫"自度曲"。

〔八〕千岩老人：萧德藻，字东夫，号千岩老人，福建闽清人，在当时很有诗名。黍离之悲：指对故国的怀念。黍离，语出《诗经·王风·黍离》："彼黍离离。"黍，小米。离离，形容行列整齐的样子。周平王迁都洛阳后,有一个大夫经过西周旧都,见那里的宗庙宫室已夷为平地,长满了黍稷,便忧伤万分,写了"黍离"这首诗。后来便用"黍离"这一词来表示对故国、故都的怀念。

〔九〕淮左:宋代在淮扬一带设置淮南东路和淮南西路,淮南东路称淮左,扬州属淮左地区。这句说,扬州是淮左地区的著名城市。

〔十〕竹西:亭名,在扬州城北门外五里处。这句说,竹西亭一带风景清幽。

〔十一〕解鞍少驻:驻马暂停的意思。初程:头一段路程。

〔十二〕春风十里:指扬州先前的繁华。

〔十三〕这句写现在的扬州到处长满了野生的麦子,一片荒芜。

〔十四〕胡马窥江:指金兵侵扰长江附近。宋高宗建炎三年(1129)和绍兴三十一年(1161),金兵两次南下,占领扬州地区。胡马,指金国的骑兵。江,指长江。

〔十五〕废池:被毁坏的城池。乔木:古老的大树。厌:厌恶。以上三句说,金兵侵扰扬州,战乱后剩下的只有被毁坏的城池和古老的大树,至今人们谈起,仍恨得咬牙切齿。

〔十六〕清角吹寒:凄凉的号角声使人感到寒意。空城:指战争浩劫后的扬州。以上三句写号角声在黄昏中响起,音调凄清,在人烟稀少、荒凉败落的扬州城里回荡。

〔十七〕杜郎:指唐代诗人杜牧。俊赏:卓出的鉴赏能力,尤其是自然风景方面。算:料得。以上两句的意思是说,扬州曾是杜牧游赏过的地方,如果他现在再来这里,料定他会大吃一惊的。

〔十八〕纵:即使。豆蔻(kòu):指杜牧所写《赠别》诗,其中"豆蔻梢头二月初"一句为名句。青楼梦好:指代杜牧在扬州时的歌楼妓馆、诗酒风流生活。杜牧《遣怀》诗写道:"落魄江南载酒行,楚腰纤细掌中轻。十年一觉扬州梦,赢得青楼薄幸名。"以上三句说,即使杜牧有那样的作诗才华,也难以表达出此时此刻我的悲怆的深情来。

〔十九〕二十四桥:泛指唐代扬州的名桥。唐代扬州有二十四座桥,北宋沈括《梦溪笔谈》中对这些桥的名称有记载，但到北宋只剩下了八座。一说为桥名，在扬州西郊，由曾有二十四个美人在此吹箫而得名。

〔二十〕荡：摇荡。

〔二十一〕冷月：形容水中月亮的倒影十分凄冷。杜牧《寄扬州韩绰判官》诗中有"二十四桥明月夜，玉人何处教吹箫"句。以上三句，作者有意与杜牧的诗句形成一种强烈的对比，以突出扬州的今昔之别。

〔二十二〕红药：即芍药花。扬州的芍药著名天下。以上二句意思说，虽然桥边的芍药花每年都在春风中开放，可是已无人再去欣赏它了。

■ 简评

这首词的写作背景，词的小序已有交代。绍兴三十一年（1161），金主完颜亮举兵南侵，占领了扬州等地，给这些地方造成了极大的破坏，至1176年姜夔路过这里，仍是一片萧条荒凉的劫后景象。在这首词中，姜夔描绘了战乱过后扬州的悲惨景象，以眼前的荒芜冷寂与往日的风月繁华做了对比，控诉了侵略者的暴行，寄托了自己的哀思。这首词是姜夔的词作中反映现实比较深刻的一首，可以说是作者对劫后扬州的一次凭吊。

刘克庄（一首）

刘克庄（1187—1269），字潜夫，号后村居士，福建莆田人。仕途多次遭挫折。早年因写《落梅》诗，被指为讪谤，免官多年。南宋后期独树一帜的重要词人，词风悲壮、超迈，大气磅礴，亦有轻松小词，很有情趣。著有《后村先生大全集》。

卜算子

片片蝶衣轻，〔一〕点点猩红小。〔二〕道是天公不惜花，百种千般巧。〔三〕朝见树头繁，〔四〕暮见枝头少。〔五〕道是天公果惜花，雨洗风吹了。〔六〕

■ 注释

〔一〕片片蝶衣轻：形容花瓣像蝴蝶的翅膀那般轻盈。

〔二〕点点猩红小：花朵又红又小。猩红，鲜红色。

〔三〕以上两句说，你说老天爷不爱惜花吧，可他却让花开得万紫千红，长得那么巧致秀美。天公，大自然、造物主。

〔四〕朝：早晨。繁：这里指花朵繁盛。

〔五〕少：指花朵凋落，所剩无几。

〔六〕以上两句说，你说老天爷果真是爱惜花吧，可他却又让风雨把花朵摧残得七零八落。果，果真。

■ 简评

  在这首词中，作者借花朵的遭遇而巧妙地提出了自己对人生、命运的一些思考和疑问，表达了他因遭受压抑而产生的一种慨叹人生的复杂思想情感。所以，作者既是在惜花，又是在感慨人生。词语朴素、活泼，设问巧妙，诵读起来饶有情趣。

刘辰翁（一首）

刘辰翁（1232—1297），字会孟，号须溪，江西庐陵（今江西吉安）人。考进士时，廷试对策触怒权臣贾似道。敢于仗义执言，名重一时。对当时腐败政治不满。南宋亡国，隐居不仕。词风悲怆、沉痛，有深刻的故国之思。著有《须溪集》。

柳梢青 春感

铁马蒙毡，〔一〕银花洒泪，〔二〕春入愁城。〔三〕笛里番腔，〔四〕街头戏鼓，〔五〕不是歌声。　那堪独坐青灯。〔六〕想故国、高台月明。〔七〕辇下风光，〔八〕山中岁月，〔九〕海上心情。〔十〕

■ 注释

〔一〕铁马：披甲的战马，这里指元朝的战马。蒙毡：因天寒，在战马身上披上毡子。

〔二〕银花洒泪：明亮的花灯流着烛泪。银花，指花灯；洒泪，指烛泪。这一句以烛泪暗喻人的眼泪。

〔三〕春入愁城：虽然春天到了，但是城里仍然愁云惨雾笼罩。以上三句写被元朝军队占领的南宋临安（今浙江杭州）故都元宵节夜晚的情景：虽然是元宵佳节，依然是花灯明亮，但元军的铁蹄惊碎了南宋国民的心魂，乃至一个个花灯都像是在流泪泣哭。

〔四〕番腔：指蒙古人吹唱的腔调。番，指异族或外国。

〔五〕戏鼓：指蒙古人的鼓吹杂戏。

〔六〕那堪：不堪，哪里忍受得了。青灯：幽暗的烛灯。这句说，孤独一人，只有一盏青灯相伴，心里千愁百绪，实在难耐。

〔七〕这句说，在灯下，不禁想起了故园，那元宵佳节夜晚宫殿楼台灯火辉煌的一片美景。

〔八〕辇下：即皇帝车驾之下，这里指代南宋京城临安。风光：景色。

〔九〕山中岁月：指作者在南宋灭亡后隐居不仕的生活。古代隐居者常住在山林之中，因此以"山中"指喻隐居。

〔十〕海上心情：临安失陷后，南宋流亡朝廷和一批爱国志士乘船漂流海上，辗转流亡到福建、广东一带，坚持抗元斗争，作者对他们十分怀念，故曰"海上心情"。以上三句包含着三种境况、三种心情。

■ 简评

在这首词中，作者以极其沉痛的笔调，抒写了自己的亡国之恨和悲怆心情。1276年，元将伯颜占领了南宋首都临安，南宋灭亡。热闹的元宵之夜，本应是一片火树银花，然而词人所看到的却是元兵铁骑的驰骋，听到的是响彻街头巷尾的番腔番调，此情此景，深深地刺痛了作者。他深切地怀念那美丽的故国元宵风光，怀念流亡海上的抗元志士们，于是引发了词中的这一番吟唱。由于出于真肺腑，这首词写得沉郁、真挚，文笔精省，跌宕起伏，很耐吟诵。

文天祥(一首)

　　文天祥(1236—1282),字宋瑞,又字履善,号文山,江西吉安人。官至丞相。曾出使元军议和,被拘,设法逃回。后又在家乡召集义军抗击元军,兵败被捕,押解燕京,囚禁三年,坚贞不屈,惨遭杀害,时年四十七岁。他的诗、文、词均含有强烈的民族尊严意识和大气凛然的豪情,都是蘸着血泪写下的作品。词作虽然不多,但却是真情的抒写,显示出热血男儿气质。著有《文山乐府》、《文山集》。

念奴娇　驿中言别友人[一]

　　水天空阔,恨东风、不借世间英物。[二]蜀鸟吴花残照里,[三]忍见荒城颓壁。[四]铜雀春情,[五]金人秋泪,[六]此恨凭谁雪。[七]堂堂剑气,[八]斗牛空认奇杰。[九]　那信江海余生,[十]南行万里,属扁舟齐发。[十一]正为鸥盟留醉眼,[十二]细看涛生云灭。[十三]睨柱吞嬴,[十四]回旗走懿,[十五]千古冲冠发,[十六]伴人无寐,[十七]秦淮应是孤月[十八]。

■ 注释

〔一〕友人：指邓剡（yǎn）。文天祥曾与邓剡一起参加抗元战争，被捕后均至死不降。1279年，他们被押往元朝首都燕京（今北京），路过南京，邓剡因生病留下治疗，文天祥便在南京的驿馆中写了这首词与邓剡告别。

〔二〕不借：不助。英物：英雄人物。以上三句意思是说，望着面前这空阔的江天，感叹天公不助抗元英雄们一臂之力。

〔三〕蜀鸟：指杜鹃鸟。相传杜鹃鸟是由蜀帝杜宇变的，叫声凄怨，故称蜀鸟。吴花：指金陵的花。残照：指夕阳。这句描写金陵城衰败的景象。

〔四〕忍见：哪里忍心看。颓壁：倒塌的墙壁。

〔五〕铜雀春情：铜雀即铜雀台，故址在今河南临漳县，曹操所建。唐代诗人杜牧《赤壁》诗中有"东风不与周郎便，铜雀春深锁二乔"句，意思是说，如果东风不帮助周瑜的话，那么曹操就会灭掉东吴，把大乔、小乔掳到铜雀台去。这里用其典，暗喻宋室后妃被金兵掳去。

〔六〕金人秋泪：金人，铜人。汉代长安建章宫前有一铜人，手托承露盘。汉朝灭亡之后，魏明帝派人将铜人搬到洛阳去，在拆卸之时，据说铜人眼里流出了泪水。后人用这一典故表达亡国之痛。以上两句写亡国之耻辱与仇恨。

〔七〕雪：洗雪。这句说，这种耻辱、仇恨靠谁来洗雪。

〔八〕堂堂剑气：宝剑亮堂堂，明光四射。

〔九〕斗牛：北斗星与牵牛星。传说晋代张华看到斗、牛二星之间有一股紫气，便去问通晓天文的雷焕。雷焕告诉说，那是剑气，从方位来看，这把剑应该在丰城（今江西境内）。张华推荐雷焕到丰城去做县令，果然在县狱地基下挖出了一对宝剑。这句的意思是说，如此好的宝剑，自己却辜负了它。言外之意是，自己不幸战败，不能完成救国大业了。

〔十〕那信：真想不到。江海余生：指1276年，文天祥奉命出使元营被拘，在镇江设法逃出，绕道海上，终于南归。

〔十一〕属：托付。这句说，将自己的生命托付给几只小船。

〔十二〕鸥盟：与海鸥结成盟友。这里喻指抗金团体。留醉眼：活下来的意思。醉眼是对自己余生的一种谦辞。这句说，自己为了和同志们一起抗元而顽强地活下来了。

〔十三〕涛生云灭：喻指时局的动荡和变化。

〔十四〕睨柱吞嬴（yíng）：睨柱，斜眼看柱子。吞嬴，凛然之气慑服秦王。秦国王室姓嬴。这句以战国时赵国大将蔺相如大义凛然、蔑视敌人、威慑秦王的豪迈之气自比，表示自己视死如归，决不低头。

〔十五〕回旗走懿：回旗，大军反攻。走懿，吓跑司马懿。诸葛亮死后，姜维遵照他的遗嘱，摆出一副要进攻的架势，结果吓得司马懿撤兵后退。这句的意思是说，即使自己死了，也要让自己的英名使敌人闻风丧胆。

〔十六〕冲冠发：由于愤怒，头发把帽子都顶了起来，形容极度愤怒。这句意思是说，自己的满腔愤怒之情将永远留存在天地之间。

〔十七〕伴人无寐：月明之夜，因思虑重重，无法入眠。伴人，指月亮。

〔十八〕秦淮：即秦淮河，在今江苏南京。以上两句说，深夜不眠，陪伴我的只有秦淮河上那一轮孤月了。

■ 简评

　　这首词写于文天祥兵败被俘的押解途中。词中所写，既是自明心迹，又是对朋友的肺腑之言。词人满怀悲愤地感叹抗元志士们的不幸命运，同时又对沦丧了的江山感到无限的悲凉。词的上片写亡国之耻、之恨，下片抒发抗元志气。作者表示要坚强地活下来，观察和等待局势变化，以东山再起。要生得威严，死得英勇，在敌人面前不折志气，让敌人闻风而丧胆。

蒋捷（二首）

蒋捷（生卒年不详），字胜欲，号竹山，江苏阳羡（宜兴）人。南宋亡，隐居山中。词作文字精美、自然、秀逸，别具一格。著有《竹山词》。

虞美人　听雨

少年听雨歌楼上，红烛昏罗帐。〔一〕壮年听雨客舟中，江阔云低、断雁叫西风。〔二〕　而今听雨僧庐下，〔三〕鬓已星星也。〔四〕悲欢离合总无情。一任阶前，点滴到天明。〔五〕

■ 注释

〔一〕红烛昏罗帐：红烛飘忽，罗帐幽暗。

〔二〕断雁叫西风：离群的孤雁在寒冷的西风里鸣叫。断雁，离群之雁。

〔三〕僧庐：僧房。

〔四〕鬓已星星：鬓发已经出现一丝丝的斑白。星星，形容鬓发斑白的样子。

〔五〕点滴：雨声。

■ 简评

这首词构思非常巧妙。作者选取了听雨这一独特的视角，并通过听雨时的不同心理感受，对自己人生的三个时期（少年、壮年、暮年）的精神心理状态加以刻画，年少时只知道追欢逐笑，无忧无虑；壮年时闯荡社会，生活漂泊不定，容易触景伤情；晚年时饱经了丧乱之苦，离群索居，思忖人生，但也不再多愁善感。词中分别以"红烛昏罗帐"、"断雁叫西风"、"听雨僧庐下"来形容概括三个不同阶段的人生，十分贴切，很耐人寻味。

昭君怨　卖花人

担子挑春虽小，〔一〕白白红红都好。卖过巷东家，巷西家。　帘外一声声叫，帘里鸦鬟入报。〔二〕问道买梅花，买梅花。〔三〕

■ 注释

〔一〕挑春：梅花报春，卖花人挑着满担梅花，像是挑着满担春色，所以说"挑春"。春在这里兼指春梅和春色。

〔二〕鸦鬟：丫鬟、侍女。

〔三〕这两句是描写丫鬟问主人，是不是买枝梅花。两句重叠，以显丫鬟的天真、活泼。

■ **简评**

  这首词以生动的笔调、朴素的语言，描写了早春时间，一个卖花人挑着满担的春梅，走街串巷叫卖，以及一个小丫鬟告诉主人卖梅花的来了，买枝梅花吧，这一既平常而又淡中有趣的生活情景，写得非常活泼、有趣，给人一种清新感。

张炎（一首）

张炎（1248—1320？），字叔夏，号玉田，又号乐笑翁，祖籍陕西凤翔，寓居临安（浙江杭州）。南宋亡后，落魄漂流，曾北游元大都。晚年游于浙东、苏州一带。他既是词人，又是词学理论家。词作音律精审，意象幽冷，情调凄怆，有很深的家国、身世感触。有《山中白云》词集和《词源》。

清平乐

候蛩凄断，〔一〕人语西风岸。月落沙平江似练，〔二〕望尽芦花无雁。〔三〕　暗教愁损兰成，〔四〕可怜夜夜关情。只有一枝梧叶，不知多少秋声。

■ 注释

〔一〕候蛩（qióng）：蟋蟀。

〔二〕江似练：江水平阔，犹如白色的绸缎。

〔三〕望尽芦花无雁：秋天大雁栖于芦花丛中，而这里说"望尽芦花无雁"，是在暗用鸿雁传书的典故，意思是说，音书断绝，与北方的朋友音讯断绝。

〔四〕兰成：梁朝诗人庾信，字子山，小字兰成。庾信出使北周，被扣留在北方，因思念南方，作了《哀江南赋》来表达思乡之情。在此，词人以庾信自比，表示自己对故国旧友的怀念，说思念之情夜夜都在折磨着自己，天地万物无不关情。

■ 简评

  这首词词语非常简洁、清丽，然而又蕴含着深沉的情思。作者抒发了自己的思乡情怀，然而又不直白地表露，而是通过视觉（"月落沙平江似练，望尽芦花无雁"）、听觉（"只有一枝梧叶，不知多少秋声"）来巧妙地传达，将读者引入他所创造的情绪氛围之中，从而能获得更多的心灵的感触。